LES AMOUREUX

DE PIERREFONDS

PAR HENRY DE KOCK.

Prix : 50 cent.

PARIS

ALEXANDRE CADOT ET DEGORCE, ÉDITEURS

37, RUE SERPENTE, 37.

LES

AMOUREUX DE PIERREFONDS

PAR HENRY DE KOCK.

I

Les jumeaux du bon Dieu.

A trois lieues et demie de Compiègne, à l'extrémité orientale de la forêt de ce nom, dans le petit village de Pierrefonds, enfin, vivaient, il y a une vingtaine d'années, deux amoureux: Sidoine Riquet et Georgette Balut.

Sidoine et Georgette s'aimaient donc, et cela n'avait rien que de très-simple, s'il leur plaisait ainsi; — on voit tant de gens qui s'aiment en ce monde, ou qui en font semblant. — Ce qui existait d'extraordinaire entre eux, le voici : cousins germains, d'abord, Georgette et Sidoine étaient devenus, en outre, dès leurs premières années, orphelins du même coup, par suite d'une épidémie qui s'était appesantie un jour sur le village, et qui leur avait enlevé, à la fois, père, mère, oncle et tante...

De plus, Sidoine et Georgette se ressemblaient tant, mais tant, mais tant!... — ce qui se rencontre assez souvent, du reste, sinon d'une manière aussi frappante, entre parents à ce degré, — qu'au village de Pierrefonds, à l'époque où nous prenons cette véridique histoire, on n'appelait pas nos jeunes amants autrement que *les jumeaux du bon Dieu.*

Sidoine avait, pourtant, un an de plus que Georgette, lui; sa dix-septième année venait de sonner, et elle courait encore après sa seizième; mais comme Georgette était grande, comme fille, et que Sidoine était petit, comme garçon, — ce qui signifie qu'ils étaient, approchant, de même taille, — cette différence d'âge passait inaperçue pour tous, ou à peu près. Georgette était blonde; elle avait de grands yeux bleus, une petite bouche, des dents comme des perles, le teint rosé, la taille svelte, le pied étroit et cambré, la main mignonne... Sidoine était blond ; il avait la main mignonne, le pied étroit et cambré, la taille svelte, le teint rosé, des dents comme des

1

perles, la bouche petite et de grands yeux bleus. Joignez à cela la même manière de marcher, le même regard, mieux encore, le même organe, et vous aurez, au complet, le portrait indivis de ces deux êtres que la nature, par une de ses fantaisies bizarres, après avoir coulés, en apparence, dans le même moule, semblait avoir jetés sur terre en leur disant :

— Amusez et étonnez le plus longtemps possible!

Le plus longtemps *possible*... car la nature n'ignorait pas qu'elle se devait d'accorder un jour à Sidoine, — comme à tout homme qu'elle veut faire décidément un homme, — son dernier et principal signe viril : la barbe ; c'est-à-dire qu'il lui faudrait alors anéantir, ou à peu près, le charme de son merveilleux joujou.

Mais ce moment n'était pas encore arrivé : la nature ne se pressait pas de gâter son ouvrage. A dix-sept ans, les orgueilleuses joies de la barbe, voire même du soyeux poil follet, n'avaient pas encore fait étinceler le regard de Sidoine.

Sidoine se contentait de se mirer dans les yeux de Georgette, qu'il adorait, qu'il trouvait charmante, et à laquelle, par conséquent, il était trop heureux de ressembler... dont il était fier, surtout, d'être aimé.

Et Georgette se laissait doucement traiter en miroir par Sidoine, parce que, de cette façon, elle était toujours sûre de le garder près d'elle...

Parce que, sans réfléchir, je vous jure, — Georgette n'était pas coquette, — que s'il était un joli garçon, c'est qu'elle était une jolie fille, elle ne voyait que *lui* de beau et d'aimable parmi tous!

Parce qu'il devait être son mari un jour.

Parce que...

Oh! cela faut-il vous l'avouer? oui, puisque cela était, je crois, une des raisons d'être les plus puissantes de l'amour de Georgette pour Sidoine :

Parce que Sidoine lui obéissait toujours et qu'elle n'obéissait que lorsqu'il lui plaisait à Sidoine ; parce qu'il était timide, craintif, quelque peu niais, parfois, même, et qu'elle se sentait, d'instinct, elle, audacieuse, hardie... intelligente.

Parce qu'elle devinait enfin, en lui, l'étoffe d'un bon mari.

N'allez pas croire, néanmoins, d'après ce que je vous expose ici du caractère de Georgette, qu'abusant de sa supériorité sur son amant, la jeune fille s'en servît jamais pour le faire souffrir ou seulement pour l'inquiéter. Non! une affection véritable n'a pas de ces calculs-là.

Et puis, dans cette suave et pure comédie des amours de ces deux enfants, il n'y avait, heureusement, pas encore de place pour une scène à effet!

Ce que je tiens à constater, tout simplement, en deux mots, c'est que, par un étrange renversement de l'ordre habituel des choses, entre nos amoureux; c'était, comme manière de penser et d'agir, — et cela le plus innocemment du monde, bien entendu! — Georgette qui jouait le rôle du garçon et Sidoine qui jouait celui de la fille.

Ceci dit, et qui ne prouve pas peu, à notre avis, comme quoi Georgette et Sidoine, sans s'être quittés jamais, et en se chérissant toujours, n'en étaient cependant encore, elle, à seize ans, lui, à dix-sept, qu'à l'alphabet de l'amour... ceci dit, nous entamons, sans plus de préambules, le récit des aventures de nos amoureux. Ne m'abandonnez pas en route, cher lecteur. . . . .

. . . .

Sidoine et Georgette habitaient ensemble chez leur grand-père, Pierre Balut, qui s'était empressé de les recueillir tous deux, comme c'était son devoir, tout enfants, à la suite du coup de foudre tombé sur les auteurs de leurs jours.

Pierre Balut possédait une petite fortune; cela ne lui avait donc pas coûté beaucoup de prendre à sa charge ces pauvres orphelins...

D'ailleurs, comment eût-il mieux employé son bien qu'en s'en servant pour les enfants de ses enfants, si fatalement et si vite arrachés à sa tendresse.

Donc, Sidoine et Georgette avaient grandi heureux, quelque peu gâtés même, dans la maison de leur grand-père, entre les sourires de celui-ci et les caresses de Marie, la servante de Pierre Balut, — une brave femme qu'il avait près de lui depuis au moins trente ans, — puis, arrivés à cet âge, où, sans se rendre bien compte encore de ce que signifie le mot: *mariage*, on commence pourtant, garçon, à rêvasser, fille, à rougir, un soir, que Pierre Balut s'était avisé, par hasard, de pêcher une pointe de gaîté au fond d'un petit verre de cassis, Georgette et Sidoine avaient échangé un furtif, et joyeux et tendre coup d'œil, tout à la fois, à ces mots, prononcés par leur aïeul en tapotant, de sa vieille main jaunie, leurs jeunes et frais visages :

— Eh! eh! mes chérubins de jumeaux du bon Dieu... continuez d'être toujours sages, gentils... de bien aimer votre grand-père... et, avant quatre années, je vous promets de vous faire voir certaine fête de noce qui ne vous déplaira pas, j'en suis sûr!

Or, Pierre Balut était connu chez lui, comme dans tout le village, pour n'avoir qu'une parole. A peine âgés, lui de quinze ans, elle de quatorze, à cette époque, Sidoine et Georgette n'en avaient pas moins apprécié, attirés qu'ils étaient déjà l'un vers l'autre, toute la douceur, tout le prix de la promesse du bonhomme.

Et puis, le lendemain ou le surlendemain de cette scène, la vieille Marie avait peut-être un peu jacassé à l'oreille de quelque voisine à propos des intentions de son maître sur ses petits-enfants. La voisine s'était, certes, hâtée de conter ce qu'elle savait à une autre, qui l'avait confié à une troisième...

Bref, bientôt tout le village de Pierrefonds avait su que Sidoine et Georgette étaient fiancés par leur grand-père ; et comme cette union n'avait rien que de très-naturel, on s'était habitué d'avance à la considérer comme faite.

Si bien qu'au jour où nous en sommes, c'est-à-dire deux ans après ce propos de Pierre Balut, issu d'une pointe de gaîté et d'un verre de cassis, quand on voyait passer Sidoine et Georgette au bras l'un de l'autre, — aux champs, aux vignes ou aux ruines du château, — abandonnant le mot de *jumeaux du bon Dieu*, qui avait vieilli, on s'écriait parfois :

— Bonjour, les petits fiancés!

Et Géorgette et Sidoine trouvaient cette façon de les saluer infiniment plus polie et plus gracieuse que toute autre.

Ce jour-là, chassant devant eux une chèvre qu'ils avaient menée paître ensemble aux environs des ruines, Georgette et Sidoine, bras dessus, bras dessous, comme d'ordinaire, s'en revenaient à la maison de leur grand-père, où les attendait le souper.

On était au mois de mai, la cloche de l'église du village sonnait sept heures.

La nuit arrivait, et, avec la nuit, le parfum des fleurs printanières des champs se dégageait plus accentué dans les airs.

Georgette et Sidoine marchaient vivement sans se parler, mais en se souriant du coin de l'œil... le père Dory, un des gardiens des ruines, venait de leur adresser, une minute auparavant, leur salut favori :

— Bonsoir, les petits fiancés!

Sidoine tenait de sa main gauche la main droite de Georgette... ce qui, joint à leurs bras enlacés, les gênait bien un peu, je présume, pour marcher droit... Mais à quoi bon marcher droit quand on s'aime ?

Et Djaly, la belle chèvre, — leur nourrice et leur amie, — bondissait devant nos amoureux, joyeuse, quand l'un des deux lui lançait quelques mots d'encouragement; rétive, quand elle se prenait à penser qu'il était de bien bonne heure encore pour abandonner jusqu'au lendemain les jouissances de l'herbe nouvelle.

Un tableau digne de Greuze, vraiment!

Arrivés devant la maison de leur aïeul, Georgette et Sidoine ouvrirent une petite porte à gauche, donnant sur une cour attenant à l'habitation, et par laquelle la chèvre se résigna, non sans deux ou trois méchants coups de tête, à passer pour se rendre à son domicile particulier.

Puis, nos amoureux poussèrent une seconde porte à droite, — celle-là communiquant de la cour à une grande pièce basse, à la fois le salon et la salle à manger de Pierre Balut.

Et, se dirigeant ensemble vers le vieillard, assis dans son grand fauteuil de chêne, devant une cheminée où pétillait un feu de sarments que la fraîcheur des soirées rendait encore très-utile, ils lui donnèrent l'un après l'autre le baiser du soir.

— Bonsoir, petits, bonsoir, fit Pierre Balut; je vous attendais. Le souper n'est pas encore là, n'est-ce pas, Marie ?

— Vous savez bien que vous m'avez dit qu'on ne souperait qu'après, repartit d'un ton mi-bourru, mi chagrin, la vieille servante, debout dans l'ombre, près du buffet.

— C'est vrai! Eh bien, allume-nous la lampe, car on n'y voit plus clair... et ne fais pas la mine... je n'en ai pas long à dégoiser à ces enfants... et ton souper n'en souffrira pas.

— Je me moque pas mal que mon souper souffre !... grommela Marie.

La lampe était allumée; Georgette et Sidoine avaient pris place près de leur grand-père, devant l'âtre.

Et, tandis que Sidoine se disait tout bonnement :

— Tiens ! c'est drôle, ça !... à cause donc qu'on ne soupe pas tout de suite ici, comme d'ordinaire ?

Georgette, qui en avait observé plus long en une minute que Sidoine n'en eût appris en une heure, se disait de son côté :

— Qu'a donc à nous conter grand-père ? et pourquoi Marie semble-t-elle triste et de mauvaise humeur ? et qu'est-ce que cette lettre ouverte sur la cheminée?

Car il y avait, en effet, une lettre ouverte sur la cheminée, en face de Pierre Balut.

Il se fit un silence profond; l'aïeul se recueillait, sans doute, avant d'entamer la question. Marie avait disparu dans la cuisine; Sidoine ouvrait ses oreilles et Georgette son esprit.

Enfin, Pierre Balut se tourna vers ses enfants.

— Voilà ce que c'est, petits, dit-il d'une voix grave; il s'agit pour vous d'une chose importante. Vous allez partir tous les deux, demain matin, pour Paris.

— Pour Paris! répétèrent en même temps Georgette et Sidoine stupéfaits.

— Oui, pour Paris, reprit du même ton sérieux le vieillard. Écoutez-moi bien.

« Je ne suis pas riche, mes enfants; mais quoique le peu que je possède puisse vous suffire, comme il m'a suffi à moi, comme il eût suffi à vos pauvres parents... si le bon Dieu ne me les eût pas si vite enlevés... ce n'est pas un motif de plus ou moins d'argent dans ma bourse... c'est-à-dire dans la vôtre... qui m'a dicté la détermination que j'ai prise depuis longtemps déjà à votre égard. Non! En me décidant à vous envoyer à Paris, voici ce que j'ai voulu :

« D'abord vous faire connaître une ville que vous n'auriez pas occasion, peut-être, plus tard, de visiter jamais, — tout occupés que vous serez alors de votre ménage... de vos enfants, de vos travaux, — et par conséquent, vous mettre à même de développer votre intelligence, — ce dont vous ne vous repentirez pas un jour, je vous le promets.

« Ensuite, vous apprendre ce que c'est que de travailler, et, surtout, de travailler livré à ses propres ressources.

« Depuis que je vous ai recueillis dans ma maison, chers petits, quelle part avez-vous prise dans mes peines et dans mes occupations ? Aucune... ou si faible, avouez-le, qu'elle ne mérite pas mention. Je ne vous en fais pas de reproches... vous n'avez jamais songé qu'à vous aimer, à vous le dire, et vous vous aimez, et vous vous le dites si bien, que tout le monde, et moi-même, nous n'avons d'yeux et d'oreilles que pour vous regarder et vous écouter faire! Mais, avec l'âge qui avance, si votre tendresse ne doit pas disparaître, — ce qu'à Dieu ne plaise! — la raison doit aussi se développer en vous, n'est-ce pas? Considérez, dans les champs ou au bois, la mésange, le moineau, le mignon roitelet, lui-même, mes amis... ces chères créatures ne donnent-elles pas aux gens de ce monde l'exemple de la conduite qu'il faut tenir avec les siens? Tant qu'ils sont délicats, souffrants, incapables de se suffire à eux-mêmes, l'oiseau garde ses petits dans son nid... il les nourrit, il les réchauffe, il les défend... Commencent-ils à voler, au contraire, à être forts, à savoir distinguer le grain de millet du grain de pierre, l'oiseau dit à ses enfants : — Allez! sortez de mon nid... vous n'avez plus besoin de votre père ni de votre mère... Vivez et aimez seuls...

« Oh! d'après ces paroles, n'allez pas supposer pourtant, Georgette, et toi, Sidoine, que mon intention, en ce moment, soit de me séparer à jamais de vous, de vous abandonner! Non! non!... le nid de Pierre Balut appartiendra toujours à ses petits jumeaux du bon Dieu et, tandis qu'ils en seront éloignés, Pierre Balut n'aura qu'un désir, celui de rendre plus beau et plus commode ce nid, pour qu'au retour ses enfants soient plus contents encore d'y rentrer !

« Et tenez! même, si vous ne craignez pas, au risque de me désobéir... de me mécontenter... de me chagriner... si vous ne craignez pas de vous refuser à ce que j'attends de vous, Georgette, Sidoine... eh bien! cela vous regarde... nous n'en parlerons plus... vous ne partirez pas.

« Mais si vous êtes, au contraire, comme je le sais, de bons et braves cœurs...

« Si vous voulez que je sois fier et content de vous...

« Demain, à la pointe du jour, votre paquet de hardes sur le dos, vous prendrez joyeusement ensemble la route de Compiègne. A Compiègne, vous monterez en diligence pour Paris; à Paris, vous vous rendrez à l'adresse, — que vous trouverez dans cette lettre, que je vais vous lire tout à l'heure, — d'un de mes vieux et bons amis, Jacques Ridelle. Jacques Ridelle, suivant mes instructions, remontant à deux mois déjà, vous a trouvé deux places très-convenables, assure-t-il.

« Le reste va tout seul; vous resterez à Paris un an, dix mois, six mois, si cela vous suffit pour vous amasser chacun une petite dot.

« Rien ne vous empêchera de vous voir souvent tous les deux... de veiller l'un sur l'autre... de vous encourager l'un l'autre... de vous aimer comme toujours...

« Et, du moins, quand vous reviendrez au village, pour vous marier, — car je vous marierai au retour, je vous le jure, — vous aurez, avec la bénédiction de votre grand-père, la conscience d'avoir accompli un devoir et la joie d'avoir gagné le premier argent nécessaire à votre ménage.

« J'ai dit. Que me répondez-vous ? »

Georgette avait écouté ce long discours, pâle, émue, et sentant, à plusieurs reprises, son cœur prêt à se briser.

Mais elle ne pleurait pas.

— Nous partirons demain, Sidoine et moi, grand-père, puisque vous le souhaitez ainsi, répondit-elle d'une voix ferme.

Et Sidoine, qui n'avait pas cessé de pleurer tout bas, dès les premiers mots de Pierre Balut...,

Et qui s'apprêtait à sangloter tout haut, aux derniers...

Sidoine, en entendant la réponse de Georgette, refoula brusquement ses larmes au fond de ses yeux et de son gosier, et murmura à son tour :

— Puisque vous le désirez ainsi, grand-père, nous partirons demain, Georgette et moi !

II

Georgette-Sidoine et Sidoine-Georgette.

On a beau posséder du courage et le respect le plus absolu pour la volonté d'un grand-père, on ne s'éloigne pas sans regret, ne fût-ce que pour peu de temps, des lieux où l'on est né.

Arrêtés l'un près de l'autre, à la sortie de Pierrefonds, en haut d'un monticule qui domine le village, Sidoine et Georgette adressaient du regard un dernier «au revoir!» à leur cher pays.

Et leurs yeux se mouillaient de larmes en passant alternativement de la maison de leur aïeul, — qu'ils apercevaient sur la droite, — à l'étang azuré où, tant de fois, le dimanche, ils s'étaient promenés en bateau! Et ils considéraient encore, au loin, la plaine de Brionne... où ils menaient paître leur chère Djaly... et surtout le château, le vieux château, avec son donjon et ses deux grosses tours... — ce château... que Louis d'Orléans fit construire... que François Ier admirait... que Richelieu démantela... — et dans les ruines duquel nos pauvres enfants, peu soucieux des grandes ombres historiques qui pouvaient les entendre, s'étaient si souvent répété le soir : » Je t'aime... je t'aime... et puis, je t'aime ! »

Georgette et Sidoine demeurèrent ainsi près de dix minutes dans leur muette et douloureuse contemplation...

Enfin, la première, selon son habitude, Georgette prit une détermination : elle essuya ses yeux, passa son petit paquet autour de son bras, tourna le dos au village et prononça résolûment ces mots :

— Allons!... en route !

Et, selon son habitude, obéissant à Georgette, Sidoine s'essuya, à son tour, les yeux... raffermit sur son épaule le bâton au bout duquel se balançait son petit paquet, fit volte-face et répéta, en suivant Georgette qui marchait déjà :

— Allons ! en route !

Nos amoureux s'éloignèrent en silence jusqu'à ce qu'ils eussent atteint la forêt.

Il était cinq heures du matin; le soleil commençait à resplendir dans un ciel sans nuages; l'air était doux... tout annonçait une journée magnifique.

La forêt, revêtue de sa verte parure de printemps, était charmante à voir.

Les artistes préfèrent l'automne pour les bois, à cause de la richesse et de la variété de tons que cette saison donne aux feuillages; pour ma part, je n'ai point de prédilection si marquée à ce sujet.

En automne, à mon sens, une forêt est une belle femme de trente ans; au printemps, c'est une fraîche et vigoureuse jeune fille... et, femme ou fille, j'avoue que je ne sais laquelle des deux j'aime et j'admire le plus !

Georgette et Sidoine venaient de prendre, côte à côte, un étroit sentier sous les arbres, longeant la grande route qui traverse la forêt et conduit à Compiègne, lorsque, tout à coup, la jeune fille, glissant son bras sous celui de son compagnon, lui dit :

— Qu'est-ce que tu as fait cette nuit, Sidoine ?

A cette question, aussi étrange qu'imprévue, Sidoine considéra Georgette d'un air effaré.

— Ce que j'ai fait? murmura-t-il... mais j'ai pleuré beaucoup d'abord, parce que j'étais triste... et dormi ensuite très-fort, parce que j'avais pleuré !

Georgette haussa les épaules.

— Pleurer et dormir, ça sert à grand'chose vraiment! reprit-elle.

« Enfin ! »

Et un léger sourire qui signifiait : « Ce garçon-là ne sait que m'aimer ! » effleura les lèvres de la jeune fille.

Puis elle réfléchit un instant...

Et tirant un papier de sa poche :

— Commençons, dit-elle, par relire la lettre de Jacques Ridelle, ensuite je te dirai à quoi j'ai pensé, moi, cette nuit, au lieu de pleurer et de dormir.

Sidoine fit un signe d'assentiment.

Georgette lut à haute voix ce qui suit, tout en continuant de marcher au bras de son amant.

Nous copions textuellement.

« Mon vieil ami,

« Celle-ci et pour teu dirre que jeu me porte bien et que jeu « souhette qu'il en soit parellemen de ta santé. Saufre quel- « ques mots de rhins auxquels mon hètat de frautteure me « rend sujete, jeu ne me plindrait pas du maitier, mais il y en « a de plu ruddes, c'et ce qui meu consolle. Jeu te dirrai que « j'ai trouver ceu que tu m'a demander pour tes petit enfans:

« deux place trait bonne, chez des gents bien. Au ressu de la
« pressente, adresse moi dont les petit, himmediatement il
« entreront en conditions et il n'auron j'espaire qu'à me re-
« merciait ainsi que toi. La deçu je te salut d'amitié. »

JACQUES RIDELLE,

frautteure.

Rue des Marets-Saint-Martin, nº 0,

à Paris.

P. S. « Jeu sui toujour chez moi à quatre heurs après midi
« Bien des chosses aux amis du pays, qu'il y a bien longtan
« que jeu ne les ait vu, mais que jeu compte y allé l'année
« prochene. »

— Eh bien ! fit Sidoine, lecture achevée de la lettre du frotteur, nous savions déjà tout cela... Après ? à quoi as-tu pensé
cette nuit, Georgette ?

Georgette sourit encore.

— Mais, dit-elle, voyons ! causons d'abord un peu. Quel effet cela te fait-il d'aller à Paris ?

— Pardi ! c'est bien malin !... ça m'ennuie de quitter le pays
et grand-père... ça me chagrine de me séparer de toi.

— Bon ! Après ?

— Après... ça m'est désagréable d'aller chez des gens que
je ne connais point.

— Après ?...

— Après... mais, dame !... je ne sais plus, moi...

— Ah ! tu ne sais plus !... Comme ça, tu ne te rappelles pas
ce que la mère Pidou, — qui a été à Paris, elle, dans sa jeunesse, — nous disait. il y a huit jours encore, des dangers
qui se rencontrent à chaque pas, à Paris, pour une fille,
comme pour un garçon qui n'y ont pas de protecteurs... de
soutiens... d'amis ?

A ces mots de Georgette, Sidoine, comme frappé d'une sou-
daine révélation, fronça le sourcil.

— Tu as raison, Georgette, répliqua-t-il, je ne me souvenais
pas du propos de la mère Pidou...

« Mais pourquoi que grand-père n'a pas fait attention à ça,
lui, aussi ?

— Pourquoi ? parce que grand-père a confiance en nous,
sans doute, et qu'il a jugé inutile de nous effrayer.

— Alors, si grand-père a confiance en nous, à cause, au
fait, que nous n'y aurions pas confiance également ?

Georgette haussa de nouveau les épaules.

— Comme tu voudras, dit-elle ; si ça ne te fait rien de me
savoir toute seule, en maison, loin de toi... je n'ai plus un
mot à dire.

— Rien !... rien !... ce n'est pas là ma pensée... Cependant
nous pourrons nous voir souvent... c'est convenu... grand-
père nous l'a assuré.

— Souvent ! Tu t'imagines peut-être que lorsqu'on est en
service on est libre de ses actions, toi ! Nous nous verrons le
dimanche !... et encore... quand on nous le permettra... voilà
tout !

— Ah ! voilà tout ! Mon Dieu ! Georgette, tu es drôle avec
tes questions, tes réflexions !... Ça a l'air de t'amuser de me
faire peur... Tiens !... je n'ignore pas que tu as plus d'esprit
que moi... si tu as inventé une manière de nous garantir des
dangers, des ennuis que tu prévois, apprends-la moi tout de

suite, ta manière ; ça vaudra mieux que de me laisser languir
comme ça !

Sidoine avait pris un petit air piteux, qui ne manquait jamais son effet sur Georgette.

— Allons, embrasse-moi, lui dit-elle en s'arrêtant pour lui
tendre les bras.

Sidoine ne se le fit pas dire deux fois. Deux gros baisers ré-
sonnèrent, dans le silence de la forêt, sur les joues roses de
Georgette.

Presque au même instant, un trille joyeux retentit au-des-
sus de nos amoureux : c'était une fauvette qui disait, de sa
voix d'oiseau, à son galant, tout fier de cet aveu, qu'elle l'aimait... et qu'elle n'aimerait que lui... toute la saison du printemps.

Ma foi ! il y a bien des femmes moins franches et moins fidè-
les encore que les fauvettes !

— Eh bien, oui, mon bon Sidoine, reprit Georgette, en se
remettant à marcher près de son compagnon, tandis que tu
pleurais et que tu dormais, cette nuit, moi, je rêvais, en effet, à yeux ouverts, sur les avertissements de la mère Pidou.

« Elle nous a dit que les jeunes filles et les jeunes garçons
couraient des risques à Paris... Ces risques, je ne sais pas au
juste ce qu'ils peuvent être...

« Mais je n'en crois pas moins qu'il vaut mieux les éloigner
que de les attendre. »

« Or, pour nous mettre à l'abri tous les deux, voici le projet
que j'ai conçu :

Oh ! cela va te paraître extraordinaire, je le parie ; tu vas
refuser peut-être... cependant, si je te garantis que c'est un
bon moyen pour nous d'être tranquilles...

— Tu n'as pas besoin de me rien garantir et tu as tort de
croire que je puisse refuser, dit Sidoine, qui serra sous le
sien le bras de sa maîtresse ; du moment qu'une chose te
plait, tu sais bien qu'elle doit me plaire aussi.

Georgette récompensa ces bonnes paroles d'un bon sourire.

— Voyons ton moyen ? reprit Sidoine.

— Mon moyen ?... c'est... c'est...

Georgette rougit d'instinct.

Au moment d'expliquer sa pensée, elle hésitait. Il y a ainsi
une foule de rêves à yeux ouverts que, seul, on trouve tout
simples, et qui vous effraient à deux.

— C'est ? répéta Sidoine.

— C'est... murmura Georgette, rappelant à elle sa résolution, mais sans oser, néanmoins, regarder son amant, c'est...
de changer réciproquement de costumes... c'est de ne plus
être, que pour nous deux seulement, ce que nous sommes...
c'est, enfin, de devenir pour tous, à Paris, toi, Georgette... et
moi, Sidoine... moi, le garçon... toi, la fille.

Sidoine laissa échapper un si bruyant éclat de rire qu'un
lapin, qui broutait le thym, à quelques pas de là, sans s'inquiéter de la vue de nos amoureux, dressa l'oreille et aban-
donna son déjeuner, en se demandant, peut-être, si ces amoureux ne cachaient pas des chasseurs.

La gaîté a le don de raffermir la confiance...

Tout en riant avec Sidoine, — et, après tout, la proposition
était assez bizarre pour qu'elle s'en amusât elle-même, —
Georgette avait hardiment relevé la tête.

— Comment ! tu veux que je me change en fille, disait Sidoine, et tu veux te mettre en garçon ?... Mais je ne saurai
pas marcher avec une robe, moi !

— Je t'apprendrai.

— Et toi, quelle tournure auras-tu sous mes habits ?

— Ne t'occupe pas de cela... cela me regarde.

— Mais tu as de grands cheveux !

— Je les couperai. Oh ! j'ai songé à tout... Tiens ! j'ai des ciseaux dans ma poche !...

— Couper tes cheveux, qui sont si beaux

— Je les laisserai repousser plus tard pour toi.

— Bon ! mais les miens qui sont courts...

— Sous le bonnet, ça ne paraîtra pas... et puis, si l'on te le demande, tu diras que c'est à la suite d'une maladie qu'on te les a coupés comme ça.

— Mais... mais... je ne ressemble pas tout à fait à une femme, moi !...

Georgette baissa de nouveau la tête... Sidoine détourna la sienne...

Ce dont il était tacitement question alors entre nos amoureux, on le devine, c'était certain corsage qui ne pouvait, comme de raison, nullement se garnir d'un côté... tandis que, de l'autre, il commençait, au contraire, à s'arrondir un peu...

Un peu : Georgette n'avait pas seize ans.

—Quand on le veut bien... murmura-t-elle en s'inclinant pour cueillir une primevère sauvage, on ressemble... à qui l'on veut...

— Tu crois ? dit naïvement Sidoine, qui n'appréciait pas, dans tout son développement, le système de mensonge, sous forme d'attraits, que lui conseillait Georgette.

« Mais... ma figure ?

— Oh ! quant à ta figure, s'écria la jeune fille, enchantée d'être ramenée sur un terrain où elle ne pouvait que triompher, quant à ta figure, tu ne contesteras pas qu'elle ne soit absolument semblable à la mienne?...

— C'est vrai !... la barbe est tardive chez moi !... René Boulot, qui n'a que seize ans, et qui a déjà des favoris, lui ! hein !

— Bah ! ça te viendra aussi, va, tu as le temps ! Et puis, nous avons encore le même pied tous deux, la même main !

— Oui... oui... Oh ! pour le pied et la main... et la taille...

— Tu vois donc bien que rien n'est plus facile que ce que je te propose.

— C'est possible ! Cependant, encore une question... En admettant que nous nous transformions ainsi, Georgette, à ton dire, tu penses donc que cela nous sera une garantie infaillible contre les dangers... dont parlait la mère Pidou ?

Un éclair de malice illumina le regard de Georgette. Décidément, un garçon innocent est cent fois plus innocent qu'une fille innocente. C'est l'histoire éternelle de notre mère Ève avec notre père Adam. Les femmes continuent de cueillir, les premières, la pomme.

— Mais, à coup sûr que ce nous sera une garantie infaillible, repartit Georgette. Voyons, réfléchis donc... c'est tout simple !... Ce qu'on te dira comme fille ne te touchera guère, n'est-il pas vrai ? De mon côté, en garçon... je n'aurai rien à redouter.

— C'est juste !... tu te moqueras pas mal de tout le monde... et moi aussi...

— Pardi !... ça va tout seul... et, de cette manière, du moins... tu n'auras pas peur pour moi... et je n'en aurai pas peur pour toi...

Sidoine se pinça les lèvres ; l'esprit commençait à lui venir.

— Ça va tout seul, reprit-il ; nous n'aurons peur ni l'un, ni l'autre.

Il y eut un moment de silence. Chacun de nos amoureux se demandait tout bas lequel des deux gagnerait le plus, sous le rapport de la sécurité du cœur, à la transformation projetée.

Vous voyez que, si Georgette avait deviné la jalousie, Sidoine était très-apte à la comprendre.

Il peut exister des amours sans désirs ; mais il n'en est point sans craintes.

Qui aime doute.

— Eh bien ! alors, dit enfin Sidoine, quand troquons-nous nos habits ?

— Mais tout de suite, fit Georgette... Qu'est-ce que tu as dans ton paquet ?

— Six chemises, six paires de bas, une paire de souliers, un gilet et un pantalon des dimanches.

— Bon... ôte ta veste... C'est ça... Tiens ! tu trouveras là-dedans tout ce qu'il te faut... jupon, souliers, robe et bonnet...

— Mais, ton corset ?...

— Oh ! quant à cela, je le garde... toi, tu n'en as pas besoin : tu te serreras un peu plus, voilà tout !...

— Mais je ne saurai pas m'agrafer, ni me coiffer tout seul.

— Va toujours ; quand tu en seras là, je serai déjà prête et je viendrai t'aider. Dépêche-toi.

En prononçant ces mots, Georgette s'élança sur la droite, hors du sentier, traversa la route et disparut dans un taillis de noisetiers.

Sidoine demeurait immobile à l'endroit où la jeune fille l'avait laissé ; et il tenait toujours à la main le paquet où se trouvaient ses vêtements féminins.

Cependant il fallait se décider.

Sidoine entra à son tour dans un taillis. En un clin d'œil il eut ôté son pantalon, sa veste et son gilet. Puis il mit les bas et les souliers de Georgette. Là n'était pas le plus difficile. Mais quand il fut question de passer la chemise, — une de ces longues chemises sans manches ; — quand il se prit à considérer le jupon, et la robe, et le fichu, et le bonnet, Sidoine resta court et coi... tout aussi bien que s'il eût eu devant lui une armure du quatorzième siècle.

Heureusement pour le pauvre embarrassé, il entendit, à ce moment, près de lui, un cri joyeux.

C'était Georgette qui, après avoir achevé et parfait, à sa grande gloire, sa métamorphose, accourait généreusement à l'aide de son compagnon. Georgette était adorable en garçon... si adorable, qu'oubliant qu'il n'était encore parvenu à mettre, de tout son costume de femme, que la chemise, Sidoine émerveillé ne pensait plus qu'à contempler la jeune fille. Les cheveux courts, le chapeau rond légèrement incliné sur l'oreille, sa cravate nouée avec grâce, et, par prudence, son gilet boutonné jusqu'en haut, Georgette, l'œil malin et tendre tout à la fois, s'avançait à travers les feuilles mortes et les herbes nouvelles de la forêt... et n'eût été un peu d'embarras dans sa démarche, on l'eût pu prendre déjà pour un garçon... un véritable garçon !...

— Comment ! tu n'en es que là ! s'écria-t-elle, en apercevant son amant si peu avancé dans sa toilette.

— Dame !... c'est pas ma faute !... je ne sais de quel côté commencer ! repartit Sidoine. Il paraît que tu as été plus habile que moi, Georgette ! Mais es-tu gentille comme ça, chère petite femme !...

— Je te ressemble !... Mais il ne s'agit pas de nous faire des compliments ! Voyons ! ne bouge pas... je vais t'habiller ! Seulement, regarde bien comme je fais; car demain tu ne m'auras pas pour te rendre ce service.

— Et tes chers cheveux.... où sont-ils?

— Pardi! je les ai laissés là-bas... les oiseaux les prendront pour garnir leurs nids.

Sidoine donna un dernier soupir au sacrifice de sa maîtresse.

— Là, reprit Georgette, qui tournait et retournait son com-pagnon comme une poupée, voilà le jupon et la robe mis... tu vois que c'est bien simple... A cette heure, attends que j'arrange tes cheveux avec mon peigne... bon! Tiens ta tête tranquille... Ah! mademoiselle, mais vous êtes très-jolie aussi de cette façon, savez-vous?

— C'est que je te ressemble.

— Ce fichu autour de ton cou... là... ce petit châle sur tes épaules... Maintenant, marche un peu.

Sidoine obéit, mais avec une gaucherie telle que Georgette ne put s'empêcher de rire.

— Ah! tu en conviens donc, puisque tu te moques de moi, fit Sidoine, en riant de son côté, je ne saurai pas être une femme, et ton moyen...

— Mon moyen réussira, parce que lorsque nous aurons marché ensemble une heure ou deux dans la forêt, tu en sauras autant que moi... vu que l'on sait tout de suite ce que l'on veut savoir...

« Mon moyen réussira, parce qu'il est nécessaire qu'il réus-sisse, pour notre tranquillité, à tous deux!...

« Et que tu n'as pas envie, d'ailleurs, je présume, de revenir sur ce qui est fait?

— Non, sans doute.

— Alors, donne-moi donc ces effets qui sont là, à terre, et garde ceux-ci, que je te rapporte...

« Et, à présent, prends-moi le bras...

— Pourquoi moi?

— Que tu es bête!... puisque nous voulons nous appren-dre...

— C'est juste!... Est-ce bien ainsi?...

— Pas mal... tiens-toi droit...

« Et moi, tiens-je bien mes jambes?

— Oh! toi! il semble que tu n'aies fait que ça toute ta vie, d'être garçon.

— Menteur!... Et en route...

— En route!

Mais au lieu de partir tout de suite, cette fois, nos amou-reux restaient comme cloués l'un près de l'autre, à cette place où venait de se passer, d'une manière si innocente, leur étrange transformation. Quelque candide que soit une âme, il est des instants où elle aspire aux délices d'une science in-connue. Georgette et Sidoine se trouvaient dans un de ces instants-là...

Muets tous deux, mais, tous deux, le regard animé d'une éloquente tendresse, ils s'étaient rapprochés... bien rappro-chés... Et Sidoine avait enlacé de ses bras la taille de Geor-gette, et Georgette avait jeté les siens autour du cou de Si-doine.

Un baiser... un baiser en même temps donné et reçu de part et d'autre, un baiser d'amour... un vrai, un suave baiser, enfin, fit frissonner leurs lèvres...

Ils tressaillirent. Leurs cœurs battaient... leur sang brûlait... leurs visages étaient enflammés.

Mais le Dieu des honnêtes gens veillait sur nos amoureux.

— En route! répéta Georgette.

— En route! murmura Sidoine.

Quelques secondes après, la forêt retentissait de nouveau des bruyants éclats de rire de Georgette-Sidoine et de Sidoine-Georgette, et continuant, côte à côte, leur œuvre mutuelle de leçons de maintien.

III

L'hôtel du Chat-qui-Pêche.

Compiègne, il y a dix ans, n'était pas encore desservie par un chemin de fer. En arrivant dans cette ville, qu'ils connais-saient d'ailleurs, Sidoine et Georgette se dirigèrent vers un bureau de voitures publiques, afin d'y prendre leurs places pour Paris.

Il était huit heures environ, à ce moment, et la voiture ne partait qu'à midi, — service d'été, — nos amoureux avaient donc quatre heures à dépenser avant de monter en voiture.

— Promenons-nous, fit Georgette.

— Promenons-nous, répéta Sidoine.

« Mais, est-ce que tu n'as pas faim, Georgette?

— Faim... un peu... Oh! voilà déjà que tu songes à man-ger, toi!

Au nombre de ses petits défauts, Sidoine possédait, en effet, celui de se plaire infiniment à table.

Cependant, après trois heures de marche en forêt, il était assez permis de se sentir quelque appétit.

Sans doute Georgette fit cette réflexion, car elle reprit aussi-tôt, sans donner à son reproche le temps de chagriner Sidoine :

— Après cela... tu as raison... nous pourrions déjeuner...

Sidoine sourit.

— Cherchons une auberge, continua Georgette.

— Parbleu! que nous importe! la première venue! fit Si-doine.

La première venue se trouva être l'hôtel du Chat-qui-Pêche, près de la place de l'Hôtel-de-Ville.

Sidoine et Georgette entrèrent en riant de son enseigne, dans le susdit hôtel.

Ils prirent place, dans une grande salle basse, devant une table qui semblait les attendre.

— Que mangez-vous? leur demanda le garçon.

— Des côtelettes, fit Sidoine.

Sidoine adorait les côtelettes.

— Quel vin voulez-vous? reprit le garçon.

— Du vin blanc.

Sidoine raffolait du vin blanc.

Et bientôt quatre côtelettes cuites à point, et une bouteille de chablis doré, firent étinceler le regard de Sidoine.

Et Georgette s'amusait de la joie répandue sur les traits de son amoureux. Après tout, qui nous pardonnera nos défauts, si ce n'est les gens qui nous aiment?

Sidoine entamait vigoureusement sa seconde côtelette...

Après avoir dégusté son troisième verre de chablis...

Lorsque l'auberge, jusque-là silencieuse, retentit d'un bruit étrange,

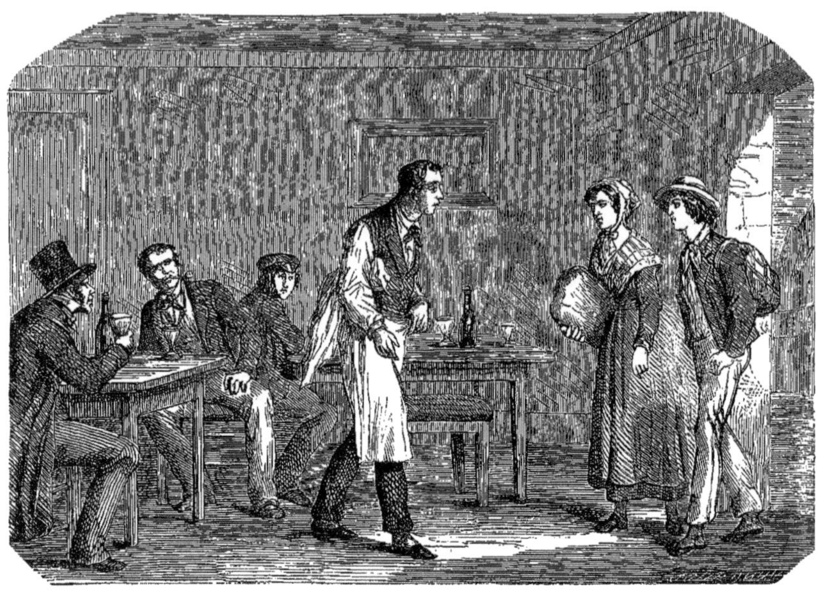

Sidoine et Georgette entrèrent. (Page 7.)

Au même instant la porte de la salle basse, où se trouvaient Georgette et Sidoine, s'ouvrit avec fracas.

Et une douzaine d'hommes et de femmes, les uns poussant les autres, et tous piaulant, criant, riant, se précipita dans la salle.

Or, il faut vous dire que, depuis huit jours, la ville de Compiègne possédait une troupe de comédiens, qui lui avaient déjà donné quatre représentations.

Ces comédiens avaient élu domicile à l'*hôtel du Chat-qui-Pêche*.

Et c'étaient eux qui, au retour d'une promenade matinale, rentraient ainsi, pourvus d'un formidable appétit, et d'une gaîté bruyante, dans leur commune demeure.

Il y avait là cinq hommes, — l'amoureux manquait à la réunion, — M. Raoul, le premier rôle et en même temps le directeur de la troupe; — M. Frédéric, le père noble; — M. Christoval, le troisième rôle; — M. Alexis, le comique, et M. Robert, l'utilité.

Six femmes... mademoiselle Rosalba, l'ingénue; — mademoiselle Cécile, la soubrette; — madame d'Apremont, la grande coquette; — madame Saint-Prix, la duègne; — mademoiselle Féticine, l'amoureuse de drame, et mademoiselle Marie, la confidente, la suivante, tout ce qu'on voudra.

A l'aspect de ces gens se ruant autour d'une grande table dressée, à leur intention, au milieu de la salle, Sidoine et Georgette échangèrent un craintif coup d'œil.

Mais les comédiens ne regardaient même pas nos amoureux, tout occupés qu'ils étaient de presser le garçon de les servir...

Georgette se contenta de s'asseoir de façon à tourner le dos aux nouveaux venus.

Et Sidoine, rassuré par le calme de sa compagne, reprit sa côtelette où il l'avait laissée.

— Ah! que j'ai faim! — Dieu! que j'ai faim! — Sapristi! que j'ai faim!

Disaient, l'un après l'autre, les artistes.

J'aime à croire que la locution : *sapristi!* — plus énergique il est vrai, mais, peut-être moins convenable que les autres pour manifester son appétit, — n'était employée que par la partie masculine de la troupe.

— Dame! savez-vous que nous avons terriblement marché depuis trois heures que nous sommes partis!

— Oh! oui! nous avons fait au moins dix lieues.

— Ah! ah! dix lieues! Qu'elle est bête, cette Rosalba! pourquoi pas trente, tout de suite.

— Je suis bête... Comme vous êtes polie, Cécile!... Qu'y a-t-il d'étonnant à ce que je ne sache pas mesurer les distances... moi qui ne vais jamais qu'en coupé, à Paris.

— Oh! en coupé!

— En coupé où l'on tient quinze... y compris le strapontin...

— Et à six sous la course!... connu!...

— En omnibus... vous vous trompez, mademoiselle... je ne vais jamais en omnibus... je les ai en horreur, au contraire...

— Bah! je ne suis pas si fière que toi... et l'année dernière, lorsque j'étais engagée à Beaumarchais et que je demeurais rue des Martyrs, j'avoue que je faisais une consommation affreuse de ces respectables véhicules...

— C'est possible!... mais comme je n'ai jamais été engagée à Beaumarchais, moi!...

Ils avaient affiché pour le soir même une représentation extraordinaire. (Page 11.)

— Oh!... tu as été deux ans au Luxembourg... je te conseille de te carrer encore!...

— Cécile a raison! Si Beaumarchais est l'omnibus des théâtres, Bobino ne doit en être que le coucou!...

— Ah! ah! ah!

— Mais ce gredin de Sulpice ne nous servira donc pas!... Oh! que l'on a peu d'égards dans cette maison pour les artistes!... Nous avions pourtant bien prévenu que nous rentrerions à huit heures! Sulpice!

— Sulpice!

— Infâme Sulpice!

— Traître de Sulpice!

— Chenapan de Sulpice!

— Voilà! voilà! voilà!

— Ah!... Vive Sulpice!

L'apparition du garçon flanqué de deux énormes plats, l'un de gibelotte, l'autre de ragoût de mouton, avait changé les vociférations en applaudissements.

Un profond silence suivit.

Le directeur servait ses artistes.

Et, hommes et femmes, chacun n'avait plus de regards et de bouche que pour son assiette.

Cependant, entre deux bouchées de lapin, une de ces dames, — celle qui n'allait jamais qu'en coupé, mademoiselle Rosalba, — hasarda ce mot :

— Et Ludovic... nous ne le faisons donc pas prévenir que nous déjeunons?

Mais une sorte de grognement général répondit à cet appel à la sensibilité de tous.

Puis, M. Raoul, — le directeur, — fit entendre ces paroles sentencieuses :

— Puisqu'il a refusé de venir se promener avec nous, il est totalement inutile, à mon sens, de s'occuper de lui.

Et tout retomba dans le silence entremêlé de cliquetis de fourchettes et de couteaux, et de glouglous du vin s'échappant des bouteilles.

Sidoine et Georgette n'avaient rien perdu de la scène que nous venons de décrire.

Sans le vouloir, ils avaient curieusement écouté jusqu'aux moindres détails de la conversation des artistes.

Et il était résulté ceci de l'attention soutenue de nos deux amoureux :

Que l'un, — Sidoine, — s'était pris à rire plusieurs fois de l'étrange façon d'être de ces dames et de ces messieurs.

Tandis que l'autre, — Georgette, — s'en était au contraire, sentie comme effrayée.

Diversité d'opinion, diversité de conduite.

Sidoine avait achevé sa seconde côtelette.

— Allons-nous-en! fit la jeune fille.

— Oh! repartit Sidoine, il reste encore du in... mangeons un morceau de fromage!

Et, contre son ordinaire, sans attendre, cette fois, l'assentiment de sa compagne, Sidoine, — que le vin blanc avait mis en hardiesse, — cria : « Garçon! »

— Voilà! fit ce dernier qui entrait alors dans la salle.

— Du fromage, s'il vous plaît?

A ce moment, les acteurs et les actrices, leur fringale un peu adoucie par l'absorption subite des deux plats de gibelotte et de mouton, commençaient à reprendre leurs esprits...

Au cri de Sidoine, plusieurs de ces messieurs et de ces dames tournèrent machinalement la tête du côté où il était parti.

Et mademoiselle Cécile, qui se trouvait le plus rapprochée du jeune couple, poussa une exclamation...

Georgette, sans y songer, venait de se retourner de son côté...

Et la soubrette, qui avait d'abord regardé Sidoine, était demeurée stupéfaite à l'aspect de cette seconde édition, si exactement semblable, chez le garçon, de la figure de la fille.

En province, quand ils n'ont point de répétitions qui les réclament, les comédiens, tout le jour, ne songent qu'à tuer le temps le plus joyeusement possible.

L'exclamation de Rosalba avait surpris ses camarades; ces mots, qu'elle proféra à voix basse, en se penchant vers eux :

— Oh !... c'est ébouriffant !... ces deux petits paysans, si vous saviez !... ils se ressemblent comme deux gouttes d'eau !

Ces mots excitèrent leur curiosité.

Le monde théâtral est, en général, un monde où les cérémonies de la politesse se pratiquent assez légèrement.

M. Alexis, en sa qualité de comique, avait le privilége d'entamer toutes les aventures qui paraissaient devoir être amusantes.

D'ailleurs il ne s'agissait, en ce moment, que de petits paysans... et il n'y avait, vraisemblablement, pas lieu de se gêner à leur égard.

Se levant donc de sa place, M. Alexis se dirigea en chantonnant, — tandis que les autres attendaient le résultat de sa démarche, — vers le fond de la salle, en passant devant la table de Georgette et de Sidoine.

Il feignit de chercher quelque chose sur un buffet.

Puis il revint sur ses pas...

Georgette lui faisait face alors...

En allant, il avait regardé Sidoine.

— Oh ! s'écria-t-il, en frappant des mains, c'est que c'est vrai ! Deux gouttes d'eau ! deux feuilles d'arbre... deux ailes de papillon !...

Et, sans plus de façon, s'approchant de nos amoureux :

— Vous êtes jumeaux, n'est-ce pas, mes enfants ? leur dit-il.

L'affaire était engagée. En une seconde tous les comédiens, mâles et femelles, s'étaient levés, à l'exemple d'Alexis, et faisaient cercle autour de Georgette et de Sidoine. Les cris d'étonnement, voire même d'admiration, les questions se succédaient sur toutes les lèvres. — Qu'il est gentil ! disaient ces dames. — Qu'elle est jolie ! disaient ces messieurs. — Quel charmant amoureux cela ferait ! — Quelle délicieuse jeune première, si elle voulait !

Et mesdemoiselles Cécile et Rosalba, principalement, se penchaient sur Georgette, pour mieux l'examiner sans doute.

Et M. Raoul et M. Christoval s'étaient, chacun de son côté, emparés d'une main de Sidoine.

Et, au milieu de tout ce tohu-bohu, Georgette et Sidoine demeuraient silencieux et rougissants, comme deux pauvres anges surpris par une troupe de démons.

Seulement, il y avait une nuance de colère mêlée à la confusion sur les traits de Georgette, et quand Sidoine se hasardait à la regarder, comme pour lui dire : « qui nous tirera de là ! » il lisait dans les yeux de la jeune fille cette fulminante réponse :

— C'est ta faute ! c'est ta faute !... c'est ta faute !

« Si nous étions partis tout à l'heure, comme je le désirais, cela ne serait pas arrivé. »

Cependant il fallait en finir.

Georgette s'y décida la première. D'elle et de Sidoine, c'était elle qui était l'homme... elle se devait donc de se conduire en homme.

Elle se leva.

— Pardon ! mesdames et messieurs, fit-elle d'un ton sec, mais nous ne vous connaissons pas !... Nous vous serions donc fort obligés de nous laisser achever tranquillement notre déjeuner.

A ces mots, une explosion de rires s'éleva du sein des comédiens...

Mais les comédiennes, plus dignes, apaisèrent ce tumulte d'un geste.

— En effet, monsieur, repartit gravement mademoiselle Cécile, en s'adressant à Georgette, nous avons peut-être manqué aux convenances en vous interrompant au milieu de votre repas, mais vous devez excuser notre conduite. Vous reconnaissez, je présume, vous-même, que vous êtes le couple le plus singulier, sous le rapport de la ressemblance, que l'on puisse rencontrer. Vous êtes frère et sœur, sans doute, et jumeaux ?

— Oui, madame, repartit Georgette, qui trouva plus facile un innocent mensonge qu'une explication, quelque courte qu'elle pût être.

— Eh bien ! donc, monsieur, poursuivit Cécile, du même ton sérieux, vous ne pouvez trouver mauvais qu'on admire en vous, ainsi qu'en mademoiselle votre sœur, l'œuvre si extraordinaire de Dieu...

— Et qu'on vous dise que vous avez la figure la plus intéressante, mademoiselle, fit Raoul à Sidoine.

— La tête la plus charmante du monde, ajouta Rosalba à Georgette.

Il n'y avait vraiment pas à se formaliser de pareils compliments... surtout adressés, qu'ils étaient ainsi, tout au rebours !

La physionomie de Georgette s'adoucit; Sidoine, enchanté de ce que sa maîtresse n'était plus en colère, éclata franchement de rire.

— Ils ont ri ! ils sont désarmés ! cria Alexis... bravo !...

— Ils vont boire avec nous un verre de sauterne, fit Raoul qui n'avait pas quitté la main de Sidoine.

— Non ! non ! repartit vivement Georgette, non... il faut que nous partions... nous avons retenu nos places pour midi, à la voiture de Paris.

— Ah ! vous allez à Paris !... eh bien ! vous avez le temps !.. il n'est que dix heures un quart. Sulpice, du vin, mon ami... et du bon... Asseyez-vous là, ma petite.

— Asseyez-vous donc, mon ami ! voyons ! est-ce que les dames vous font peur ?

Moitié de bonne volonté, moitié par force, Georgette s'était assise à la table des comédiens, entre mesdemoiselles Rosalba et Cécile.

De son côté, Sidoine, un peu pour faire plaisir à ces messieurs si polis, — et qui le prenaient si bien pour ce qu'il n'était pas, — un peu pour boire du sauterne... il aimait tant le vin blanc ! — avait pris place auprès de MM. Raoul et Alexis.

Ces dames faisaient causer Georgette.

Ces messieurs faisaient boire Sidoine.

Si bien que Georgette oubliait de veiller sur Sidoine.

Et que Sidoine oubliait de regarder Georgette.

Or au bout d'une demi-heure environ de cette causerie

trop attentionnée d'une part... de cette trop grande facilité à fêter le sauterne, de l'autre...

Savez-vous ce qu'il advint ?

Il advint que comme Georgette, s'arrachant enfin aux séduisantes Cécile et Rosalba, jetait un coup d'œil vers Sidoine, elle s'aperçut que ce dernier était gris.

Oui ! gris ! très-gris !... MM. Raoul et Alexis avaient trouvé drôle de faire boire deux bouteilles entières à cette petite paysanne qui traitait, d'une façon si gaillarde, le vin de Sauterne.

Et *la petite paysanne* avait bu ses deux bouteilles sans se faire prier.

S'élancer vers son amant et l'obliger à se lever fut pour Georgette l'affaire d'une seconde.

Sidoine se releva bien... mais quant à se tenir droit, cela lui était plus difficile.

Georgette enveloppa d'un regard furieux MM. Raoul, Alexis, Christoval, Frédéric et Robert, qui riaient à se tordre...

Oh ! si elle eût été un homme véritablement, comme elle les eût tous souffletés de bon cœur !

— C'est bien lâche, ce que vous avez fait là, messieurs, s'écria-t-elle, oh ! c'est bien lâche.

— Ah ! le petit qui se fâche, fit Raoul... c'est trop amusant !...

— Il faut les empêcher de partir, reprit Alexis.

— Oui ! oui ! répétèrent les uns... retenons-les !...

— Non ! non ! dirent les autres.

La troupe de comédiens se divisait déjà en deux camps ; l'un disposé à pousser jusqu'au bout cette mauvaise plaisanterie à l'égard de deux pauvres enfants...

L'autre décidé à leur rendre la liberté.

Et nous devons constater que les dames faisaient partie de ce dernier camp.

Un incident inattendu vint, plus encore que leurs défenseurs, au secours de Georgette et de Sidoine.

Sulpice entrait dans la salle :

— Une lettre pour M. Raoul, dit-il.

— Une lettre... qui te l'a remise ? repartit Raoul.

— M. Ludovic, il y a dix minutes...

— Ludovic ! tiens !...

L'artiste-directeur brisa le cachet du billet de son pensionnaire.

Et frappant, avec rage, du poing, sur la table :

— Sacrebleu ! cria-t-il à ceux qui l'entouraient, savez-vous ce que fait ce gueux de Ludovic à cette heure ? Il nous plante là... il part pour Paris !

— Ludovic parti !...

— Allons ! c'est impossible !...

— C'est une plaisanterie !...

— Il n'est pas capable d'une infamie pareille.

S'écrièrent à la fois tous les comédiens.

Et chacun se pressa autour de M. Raoul pour s'édifier, par ses propres yeux, sur l'étrange nouvelle de la fugue de l'amoureux.

A la faveur du tumulte, Georgette avait pu entraîner Sidoine hors de la salle basse.

Mais il était midi et quart... Elle venait de l'entendre, d'ailleurs : la voiture de Paris était partie !...

Et quand il n'en eût pas été ainsi, dans l'état où il se trouvait, Sidoine n'était-il pas incapable de se mettre en voyage !

Sulpice passait à ce moment près de Georgette.

— Monsieur Sulpice, lui dit-elle, voulez-vous m'aider à faire monter ma sœur dans une chambre... nous ne partirons pas aujourd'hui... nous coucherons dans cet hôtel.

— Volontiers, mon ami, repartit le garçon. Ah ! ces farceurs d'acteurs... ils ont donc grisé votre petite sœur... Bah ! une heure de sommeil et il n'y paraîtra plus.

— Quelle mauvaise rencontre nous avons faite là, pensait Georgette en gravissant un escalier à la suite du garçon qui portait, ou à peu de chose près, sa *petite sœur*. Eh bien ! si c'est de cette façon que Sidoine se conduit en femme, ça promet pour l'avenir !

IV

Une représentation extraordinaire.

Cependant les comédiens étaient toujours dans la salle basse de l'hôtel du *Chat-qui-Pêche*, mais adieu la gaîté qui régnait un instant auparavant parmi eux !

Georgette et Sidoine n'étaient plus là... on n'y songeait point... mais y eussent-ils été encore, qu'on ne se fût pas occupé d'eux davantage. Hommes et femmes, tous, maintenant, l'œil morne, la tête baissée, considéraient, en silence, leur directeur, comme pour demander à son intelligence une parade de génie au coup qui les frappait collectivement.

Car voici pourquoi la situation de nos artistes était des plus graves.

Ils avaient affiché pour le soir même une représentation extraordinaire : deux pièces en un acte, plus une autre en trois, où toute la troupe jouait et dans laquelle M. Ludovic, — cet *amoureux* qui se souciait si peu de ses amours quand le désir de revoir Paris le prenait, — avait, surtout, un rôle des plus importants.

Il n'y avait pas moyen de changer le spectacle... D'ailleurs Ludovic était de toutes les pièces...

Faire un relâche pour cause d'indisposition était chose impossible encore... Les billets étaient à peu près tous placés... et le lendemain on devait quitter Compiègne pour se diriger sur Beauvais !

— Le misérable ! le traître !... le scélérat, le polisson ! grommelait M. Raoul, entassant les unes sur les autres les épithètes les plus énergiques de drames et de vaudevilles, pour maudire celui dont le départ le mettait, lui, principalement, dans un si cruel embarras ; c'est donc pour cela qu'il m'avait demandé une avance hier au soir... et moi, imbécile, qui lui ai donné cinquante francs !... Ce monsieur a laissé une maîtresse, qu'il adore, à Paris... il a voulu revoir sa maîtresse... et sans s'inquiéter de ses camarades... sans respect pour lui-même, pour son art... il s'en va... il se sauve... comme un sans-cœur qu'il est !...

« Oh ! si je le tenais ! »

Mais M. Raoul ne tenait pas son amoureux et toutes ces doléances et ces malédictions n'aboutissaient à rien qu'à désoler ceux qui les entendaient.

M. Raoul comprit sa faute. C'est toujours une faute à un général que de décourager ses soldats.

—·· Allons! allons! dit-il, mes enfants! Eh bien! que voulez-vous?

« Nous jouerons *Corinne*... »

Et il essaya de sourire.

Corinne était la pièce en trois actes.

— Nous jouerons *Corinne* sans M. Ludovic!

— Mais qui est-ce qui fera l'amoureux, puisque nous sommes tous de la pièce?

— Personne! on passera son rôle.

— Oh! oh!... cette facétie!... un rôle de cinq cents... ça serait commode pour les répliques!...

— On fera une annonce et le père Michaille lira le rôle.

— Le père Michaille... le souffleur... ça serait gentil... il a soixante ans et le nez rouge comme une vitelotte!... je ne sais pas si on ·nous *reconduirait!*...

Reconduire, en argot de théâtre, c'est siffler.

— Eh bien! une de ces dames va remplacer, en travesti, Ludovic... celle qui a le personnage le moins important!

Les six femmes se mirent à crier en chœur :

— En travesti! par exemple!... et sans répétitions, merci!... — Je n'ai pas envie d'être ridicule, moi!... — Non! je ne fais pas de ces choses-là! — Si c'était pour un acte, encore... mais trois! — Non! non! c'est impossible! c'est impossible! nous refusons!...

Le pauvre directeur, repoussé avec perte dans sa proposition, se hâta de s'écrier :

— C'était pour rire, mesdames, c'était pour rire... Parbleu! je n'ignore pas que des artistes de votre espèce ne se prêteraient pas à de si indignes stratagèmes.

« Pourtant il faut que nous sortions à tout prix de l'impasse où nous a jetés ce brigand de Ludovic.

« Quant aux deux vaudevilles en un acte, mon Dieu, moi qui ne suis ni de l'un ni de l'autre, j'y jouerai l'amoureux s'il est nécessaire.

« Mais pour *Corinne*... pour *Corinne*... notre grande pièce... qu'allons-nous devenir ?

— Si nous faisions comme Ludovic, fit en ricanant Alexis.

Un hurrah improbateur punit le comique de son inconvenante motion.

Puis le silence tomba de nouveau sur nos artistes.

Un silence profondément triste... presque funèbre.

— Ah! s'écria subitement Rosalba, nous sommes sauvés!

— Sauvés!... comment!... par quel moyen! hurlèrent à la fois tous les autres.

— Mon moyen, je vous le dirai tout à l'heure. Pour l'instant, attendez!

« Sulpice!... Sulpice!...

— Voilà, voilà! fit, au dehors, la voix du garçon d'hôtel.

— Il est bien entendu, continua l'ingénue en s'adressant au directeur, que vous avisez, pour votre part, à remplacer l'amoureux, d'une manière ou d'une autre, dans les deux vaudevilles?

— Sans doute! c'est entendu!... Oh! cela n'est pas le plus difficile.

— Bon!...

Sulpice paraissait.

— Mon ami, lui dit Rosalba, ce jeune garçon et cette jeune fille... tu sais... ces deux jumeaux qui déjeunaient là, près de nous, il y a un instant... ils ne sont pas encore partis, n'est-ce pas ?

— Oh! non, mademoiselle! oh! non!... cette farce!... vous aviez mis bon ordre à ce qu'ils ne partissent pas!... La petite est étendue, en haut, dans une chambre, sur un lit où elle ronfle comme un carabinier... et son frère est assis auprès d'elle...

— Merci, tu me conduiras tantôt près d'eux, entends-tu?

« Tu peux t'en aller. »

Sulpice s'inclina et sortit.

Les comédiens, attendant le mot de l'énigme, considéraient anxieusement Rosalba.

— Et que veux-tu faire de ces enfants? demanda M. Raoul, le plus impatient de tous.

— Ce que je veux, repartit-elle d'un air de supériorité

« Vous savez que j'ai joué déjà au moins quarante fois *Corinne*?

« Par conséquent vous concevez, n'est-ce pas, que je connaisse la pièce sur le bout de mon doigt?...

« Eh bien! ce que je veux, je vais vous l'apprendre; écoutez-moi avec attention... » . . . .

. . . .

Sidoine, étendu tout habillé sur un lit, dormait, en effet, du sommeil du juste... — du juste qui a bu trop de vin de Sauterne.

Et il y avait à peu près sept heures qu'il était dans cet état.

Après avoir passé les trois premières heures près de lui, dans la crainte qu'il ne se trouvât malade, Georgette, jugeant, à raison, puisqu'il ne discontinuait pas de dormir, que ce qu'il y avait de mieux à faire c'était de le laisser tranquille, Georgette s'était retirée dans une chambre voisine... où il y avait un lit pour elle.

Sulpice, vers les cinq heures, lui avait monté à dîner.

Elle craignait trop, en descendant, de se retrouver avec les comédiens.

Et, au moment où nous la rejoignons, c'est-à-dire vers les sept heures et demie à peu près, la jeune fille, assise dans sa chambre, relisait encore une fois la lettre de Jacques Ridelle, le frotteur...

A la lueur d'une bougie... car la nuit était venue

Elle en était à ce passage :

« Bien des *chosses* aux amis du pays! »

Un véritable compliment de bonnetier!

Lorsqu'on frappa à sa porte.

Ce ne pouvait être Sidoine... une simple cloison la séparait de lui... et elle l'entendait toujours ronfler.

Le garçon d'hôtel ?... Elle ne l'avait pas sonné!

Un peu effrayée, Georgette se leva en criant :

— Qui est là ?

Au même instant la porte s'ouvrit et mademoiselle Rosalba parut.

Mademoiselle Rosalba en costume de paysanne allemande... son rouge et son blanc au visage... mademoiselle Rosalba, avec de grandes nattes blondes qui lui descendaient à la taille... en petits souliers et en bonnet de velours.

Mademoiselle Rosalba dans l'exercice de ses fonctions d'actrice enfin.

A cette apparition, aussi nouvelle pour elle qu'étrange, Georgette recula d'un pas.

Ce n'était pas sur cet effet que comptait mademoiselle Rosalba en se présentant au petit paysan; néanmoins elle dissimula sa mortification.

— Est-ce que vous ne me reconnaissez pas, mon ami? dit-elle en s'avançant vers le faux garçon.

— Si, madame!... oh! si! repartit Georgette... vous êtes une de ces personnes... qui tantôt...

— Se trouvaient près de vous dans la salle où vous déjeuniez avec votre sœur... Oui, mon ami... je suis une de ces dames.

— Et que me voulez-vous? répliqua assez durement Georgette, dont ce souvenir réveillait la colère.

Rosalba se pinça les lèvres.

— Oh! le petit sauvage! dit-elle. Quoi! c'est ainsi que vous accueillez la visite d'une jolie femme, mon ami? Je vois ce que c'est... vous vous défiez de moi à cause de la mauvaise plaisanterie qu'on a faite à votre sœur... mais vous avez tort, car j'ai été la première à gronder ces messieurs de s'être si mal conduits et...

— Ce qui est fait est fait, interrompit Georgette. Je vous remercie de vos excuses, madame, et si ce n'est que pour cela...

— Que je suis venue vous trouver, je puis m'en retourner, n'est-ce pas? telle est votre pensée?

« Décidément, vous n'êtes pas galant, savez-vous? »

Georgette ne répliqua pas.

— Diable! diable! se dit mademoiselle Rosalba, mais c'est plus rude que je ne l'avais présumé! Est-ce que mon moyen, que je leur ai garanti, ferait *fiasco!*

« Comment vous appelez-vous, mon ami? reprit-elle tout haut en s'approchant de Georgette.

— Je m'appelle Sidoine, madame.

— Eh bien! Sidoine, voulez-vous me prouver que vous êtes un garçon d'esprit?

— A quoi cela me servira-t-il de vous prouver cela?

— Qu'il est drôle!... mais à montrer que vous n'êtes pas un imbécile, sans doute! Mais laissez-moi donc votre main, ne craignez-vous pas que je ne vous fasse mal?...

— Non!... madame... seulement... vous avez une figure... des habits... si comiques...

— Ah! vous me trouvez comique, à présent! vous ne connaissiez pas les acteurs ni les actrices, n'est-ce pas? vous n'êtes, peut-être, jamais allé au spectacle?

— Jamais, madame.

— Jamais! Eh bien! c'est à ce propos qu'il faut me donner la preuve que vous ne nous gardez pas rancune, comme un méchant, de la scène de tantôt.

« Mes camarades m'adressent à vous pour vous prier de recevoir leurs excuses...

« Et vous offrir une place pour les voir jouer.

« J'ai une voiture en bas. Vous ne resterez au théâtre que ce que vous voudrez... Venez donc... ces messieurs et ces dames vous attendent...

— Et ils ne risquent rien de m'attendre longtemps, car je n'irai pas avec eux, je vous le jure! s'écria Georgette en s'éloignant de nouveau de Rosalba.

L'ingénue demeura muette de colère, au milieu de la chambre...

Son plan, un plan si habilement conçu, et dont elle espérait merveille, s'anéantissait devant l'obstination de ce petit rustre, assez sot pour ne pas la trouver charmante et tomber amoureux d'elle!

Rosalba fut sur le point de tourner le dos à Georgette et de s'enfuir, au risque d'être bafouée par ses camarades.

Somme toute, c'était une fort jolie fille que notre ingénue, et elle avait lieu de s'étonner de semblables dédains.

Cependant, au moment de lâcher pied, un sentiment d'intérêt commun, plus encore que d'amour-propre, arrêta l'actrice. Si elle revenait, sans le petit paysan, au théâtre, tout était perdu pour la troupe tout entière. Elle s'était posée en ancre de salut aux yeux de ses camarades... elle devait donc les sauver ou se briser à la tâche.

Femme et comédienne, c'est une double obligation d'avoir de l'esprit.

Rosalba se couvrit le visage de ses mains et se prit, tout d'un coup, à sangloter.

Oh! mais à sangloter... aussi habilement que sanglotent les comédiennes et les femmes! A chaudes larmes...

Georgette, qui était demeurée, jusque-là, froidement immobile, attendant que cette dame se résignât à s'en aller...

Georgette, à la vue de ce désespoir subit, fit un pas en avant vers Rosalba.

Pauvre Georgette! pouvait-elle se douter que ces larmes qu'elle voyait mouiller les doigts de la jeune femme n'étaient que des larmes de théâtre.

Des larmes de carton.

— Qu'avez-vous, madame, qu'avez-vous donc? s'écriat-elle.

— Ce que j'ai! repartit Rosalba en montrant à Georgette un visage ravagé par la douleur, ce que j'ai!..

Elle se recueillit un instant.

— Eh bien! puisqu'il faut vous avouer la vérité, monsieur, reprit-elle... voici pourquoi je me suis présentée à vous, en vous suppliant de me suivre au théâtre.

« C'est parce que deux de mes camarades, dont l'un va de venir mon mari, — ces deux là mêmes qui ont fait boire ce matin, plus qu'ils ne le devaient, sans doute, votre sœur, — c'est parce que deux de mes camarades seront chassés demain par le directeur de la troupe, qui a appris le mauvais tour dont vous aviez été victime, si vous ne venez en personne, ce soir, leur serrer la main en attestant que vous leur pardonnez.

« Comprenez-vous, maintenant, que je pleure et que je sois malheureuse, monsieur?... moi qui vais perdre en même temps un ami et un mari!... moi que vous recevez si mal et qui avais tant de confiance en votre bonté? »

En dépit de tout le talent qu'avait déployé Rosalba dans sa tirade pathétique, Georgette ne comprenait pas grand'chose à cette histoire de pardon, de directeur, de mari et de camarade chassés...

Mais, encore une fois, elle voyait pleurer... pleurer véritablement... c'était assez pour son cœur... c'était trop pour sa raison!

Elle s'élança vers Rosalba.

— Allons! allons! dit-elle, je ne sais pas ce que vous attendez de moi, madame, mais vous avez du chagrin... je ne refuse plus de vous obéir.

« Que faut-il que je fasse? »

Rosalba sauta au cou de Georgette et l'embrassa avec une reconnaissance passionnée.

— Vous êtes notre bon ange! murmura-t-elle, venez!

. . . .

C'était le premier acte de *Corinne.*

Le rideau venait de se lever.

Dans la seconde coulisse de droite du théâtre, Georgette se trouvait près de Rosalba, qui lui donnait le bras.

Dix minutes s'étaient passées depuis l'arrivée du faux Sidoine et de l'actrice au théâtre.

Dix minutes, durant lesquelles la pauvre Georgette avait cru rêver, tant ce qu'elle voyait, ce qu'elle entendait autour d'elle lui semblait étrange :

Et ces décors avec des lampes au dos !

Et la musique de l'orchestre !

Et ces gens en costumes qui la saluaient en souriant, en passant devant elle, pour se rendre sur une sorte de grand emplacement à sa gauche, où ils se mettaient à causer et à chanter !

Ce qui faisait rire d'autres personnes que Georgette ne pouvait voir... mais qui devaient être en grand nombre, à en juger par le bruit qu'ils produisaient en riant...

Tout à coup Rosalba a tressailli : c'est le moment de son *entrée.*

— N'ayez pas peur et taisez-vous, quoi que je vous dise, murmure-t-elle à l'oreille du soi-disant paysan.

Et, lui donnant toujours le bras, elle pousse Georgette en scène, devant elle.

. . . .

Si le fait n'était historique, on aurait le droit de ne pas croire à ce que nous allons conter.

Voici de quelle manière fantastique mademoiselle Rosalba, — remplaçant M. Ludovic absent par un personnage muet, représenté par Georgette-Sidoine, — avait osé risquer tout une scène.

Et, notez-le bien, une scène des plus brûlantes ! Rosalba, c'était *Corinne*; Georgette, c'était *Cyprien*, son amant. Cyprien devait déclarer sa flamme à Corinne et lui jurer que si elle lui résistait il l'enlèverait dans la nuit.

Mademoiselle Rosalba, tenant par le bras Georgette, exécuta, de cette façon, cette scène :

— Vous m'aimez, Cyprien ! oui, vous m'aimez, vous me l'avez juré... mon père s'oppose à notre union !... qu'allez-vous dire... quoi... je le lis dans vos yeux... vous voudriez m'enlever... m'arracher au toit paternel !... Malheureux ! arrêtez !... et mon honneur !... puis-je donc vous le sacrifier... non, Cyprien, non, mon cœur est à vous, mais il est des lois qui l'emportent sur l'amour... pas un mot de plus, Cyprien... ou nous ne nous reverrons jamais... retournez près de votre mère et dites-lui...

Mademoiselle Rosalba en eût, certes, dit bien davantage.

Et le public de Compiègne eût, à coup sûr, applaudi à tout ce qu'il eût entendu.

Et, vraiment, n'était-ce pas, en effet, un coup de maître de la part de l'ingénue, que ce monologue joué à deux, ou cette scène à deux jouée en monologue ?... au choix.

Mais Rosalba et le public avaient compté sans Georgette.

Sans Georgette qui venait de deviner qu'on s'était moqué d'elle.

Sans Georgette qui ne voulait pas jouer la comédie...

Sans Georgette qui frémissait de honte à l'aspect de tous ces regards dardés sur elle.

Un brouhaha de stupeur s'éleva dans la salle.

M. Cyprien venait de repousser très-brusquement mademoiselle Corinne qui cherchait à le retenir; sans la moindre pudeur...

Et il avait disparu dans la coulisse, nonobstant les appels de son amante éplorée.

La colère donne du courage...

M. Raoul, le directeur, et M. Alexis, le comique, qui suivaient, comme on le conçoit, avec le plus grand intérêt, le tour de force scénique de mademoiselle Rosalba...

M. Raoul et M. Alexis voulurent retenir ce satané petit paysan qui manifestait si peu de goût pour l'art théâtral.

D'un coup de poing, Georgette renversa l'un, d'un coup de pied elle envoya l'autre rouler à quinze pas...

. . . .

Je ne sais pas comment s'acheva la représentation vraiment extraordinaire donnée, ce soir-là, par la troupe Raoul et Cⁱᵉ, aux habitants de Compiègne.

Mais ce que je sais, c'est que le lendemain matin, Georgette et Sidoine partaient pour Paris par la voiture de six heures.

Et que Sidoine jurait, tout le long de la route, ses grands dieux, à Georgette, de ne plus jamais boire de vin blanc !...

Et que Georgette, qui n'avait pas osé conter à Sidoine son aventure au théâtre de Compiègne, se jurait tout bas, ses dieux plus grands encore, qu'elle n'aurait plus jamais pitié, si le hasard lui en faisait encore rencontrer, des femmes avec du blanc et du rouge sur la figure, qui sangloteraient à ses genoux !

V

M. le comte Adalbert de Creuzé et mademoiselle Lucia Rizzi

Il était onze heures du matin. Dans un élégant boudoir de la rue Saint-Lazare, assis l'un près de l'autre devant une table élégamment et succulemment servie, un jeune et joli homme, une femme jeune et jolie, déjeunaient.

Le jeune et joli homme se nommait Adalbert de Creuzé, comte de naissance, beau de nature, riche par bonheur et assez intelligent par hasard.

La jeune et jolie femme était mademoiselle Lucia Rizzi, fille d'une ouvreuse de loges d'origine, danseuse à l'Opéra de profession, mauvais sujet par goût et pas trop sotte par occasion.

Adalbert de Creuzé était l'amant de Lucia Rizzi depuis près de trois mois. — Amant, c'est-à-dire qu'il ne l'aimait pas le moins du monde, mais qu'elle lui plaisait raisonnablement.

Et que, depuis trois mois, il lui donnait, à profusion, tout ce dont elle avait besoin, voire même ce dont elle n'avait que faire, en toilettes, bijoux, ameublements, pièces d'or, voitures, etc...

Mais, dans ces sortes de relations, il est convenu que le cœur et la raison n'ont rien à voir. On se prend parce que ça amuse... on se garde parce qu'on s'habitue l'un à l'autre, et l'on se quitte quand on est blasé sur ce plaisir et cette habitude.

Le reste ne tire pas à conséquence.

Donc, à la suite d'une nuit passée ensemble, Adalbert et Lucia étaient en train de déjeuner. La danseuse, tout en mangeant, promenait, de temps à autre, dans les plats, ses doigts roses et effilés... — Lucia s'était acquis une réputation, avec cette passion de promener, en tête-à-tête, ses doigts roses dans tous les plats; — et Adalbert entremêlait chaque bouché qu'il avalait d'une bouffée de cigarre qu'il aspirait ; — Adalbert s'était également fait un nom grâce à cette manie de fumer toujours et partout et à toute heure... à pied, à cheval, le soir, le matin, la nuit... à table, au jeu, au lit... même en aimant, je crois.

C'est étrange, n'est-ce pas?

Mais si vous saviez où et comment et pourquoi, dans ce monde-là, afin de faire parler de soi, on va souvent chercher ses excentricités !

Mais, bah !... que nous importe ! Notre mission, pour le moment, n'est pas de redresser les torts, de rendre l'ouïe aux sourds, la lumière aux aveugles, l'esprit aux lions, et le bon goût aux lorettes.

Nous contons une histoire.

Contons !

Comme Adalbert allumait un second cigarre, et comme Lucia essuyait, pour la vingtième fois, à sa serviette, ses doigts mouillés vingt fois par les sauces, la portière du boudoir se souleva discrètement.

Picard, le valet de chambre, entra.

— Qu'est-ce? dit le comte, je n'ai pas sonné.

— Nous n'avons pas sonné, reprit Lucia.

— Je sais, fit le domestique en s'inclinant ; mais c'est qu'il y a là le frotteur de monsieur, qui amène un petit garçon pour remplacer le groom qui est parti il y a huit jours...

— Eh bien ! vous nous dérangez pour cela !....Que le frotteur et son petit attendent, voilà tout, dit Adalbert.

— Ah bien! non, ah bien ! non ! au fait ! s'écria Lucia... je veux voir ce petit, moi !... ça m'intéresse... je n'ai pas envie que vous preniez encore un groom en façon de singe, comme était ce dernier que je vous ai obligé de mettre à la porte, Adalbert ; il m'effrayait, ce malheureux, quand il m'apportait vos lettres....Vrai !... c'était trop laid... ça passait les bornes..,

« Dites au nouveau d'entrer, Picard...mais sans le frotteur... il louche, ce brave homme, et j'abomine les gens qui louchent

— Folle ! murmura le comte en souriant.

Georgette, précédée de M. Picard, parut dans le boudoir.

Rouge jusqu'au blanc des yeux, parce qu'elle était honteuse de paraître devant des inconnus, mais la tête haute, le jarret tendu, le pas décidé, parce qu'elle tenait à jouer convenablement son rôle de garçon, Georgette s'avança jusqu'auprès de la table où déjeunaient le lion et la lorette.

Et, à l'aspect de ce charmant petit bonhomme, Lucia poussa un cri de surprise.

— Oh ! qu'il est gentil ! mais regardez donc, Adalbert !

Et le comte, se tournant vers l'enfant, reprit, étonné à son tour :

— En effet... il est très-gentil.

Lucia se leva et courut, sans façon, à Georgette.

— Comment vous nommez-vous, mon ami? lui dit-elle.

— Sidoine, madame, repartit Georgette.

— Sidoine ! le drôle de nom ! j'aimerais mieux Pivoine... Pas vrai, Adalbert ? Et de quel pays êtes-vous ?

— Je suis de Pierrefonds, près de Compiègne...

— De Pierrefonds... Ah ! oui ! je connais ça, Pierrefonds... un pays où il y a des ruines... et des lézards et des couleuvres dedans... peuh !... Et vous voulez vous placer à Paris ?

— Oui, madame...

— Vous n'êtes donc pas assez riche pour vivre chez vous ?

— Non, madame... sans cela je n'aurais pas quitté mon grand père...

— C'est juste ! je lui dis des niaiseries à ce petit... s'il avait trente mille livres de rentes, il ne se ferait pas groom... pas vrai, Adalbert?

— C'est aussi mon opinion, repartit le comte.

— Eh bien ! mon ami, reprit la danseuse, en prenant la main de Georgette, c'est une affaire arrangée : vous nous convenez... nous vous gardons... entendez-vous ?

« Regardez donc, Adalbert, comme il a une petite main et un petit pied... on dirait une petite fille. Quel âge avez-vous, mon ami ?

— Seize ans bientôt, madame, répliqua Georgette qui, à ces mots : « on dirait une petite fille, » s'était hâtée de prendre un air et un organe plus masculins encore, s'il était possible.

— Seize ans, répéta Lucia avec un hochement particulier de tête.

— Eh bien ! seize ans !... fit le comte, qui regardait sa maitresse avec un sourire également particulier, seize ans !... après ? Cela vous fait rêver, ma bonne ?

— Ah ! que vous êtes bête !...

Et la danseuse reprit vivement sa place à table.

— Va t'habiller, mon ami, poursuivit Adalbert en s'adressant à Georgette. Picard... mon valet de chambre, qui est là près de toi, te conduira à ta chambre et te donnera ta livrée...

« Je crois qu'il est de la même taille que Toby... le dernier, hein, Lucia ?

— Oui... oui... je n'en sais rien, répliqua négligemment Lucia.

— Mais nous n'avons pas parlé de gages, dit encore le comte à Georgette : combien désires-tu gagner ici, petit ?... quatre cents francs par an... est-ce assez, dis?

Georgette rougit de plaisir, cette fois. Quatre cents francs ! mais c'était une fortune qu'on lui proposait là.

— Oui ! oui, monsieur... Oh ! c'est assez ! repartit-elle.

— Tant mieux ! à tout à l'heure donc, dès que tu auras revêtu ton costume... Car, madame, que voici, désire aller faire une promenade, et tu nous accompagneras, entends-tu ?

— Il suffit, monsieur.

La portière retombée sur Georgette et Picard, la danseuse laissa éclater la colère qui couvait en elle, depuis la réflexion intempestive de son amant.

— Vous êtes content, n'est-ce pas ? s'écria-t-elle, vous m'avez forcée à vous dire une impertinence devant vos domestiques.

— Oh ! quant à cela, toute belle, fit Adalbert, je n'y ai guère songé... je suis trop habitué à ce genre d'exercice de votre part, pour m'en formaliser.

« Ce qui m'a le plus étonné, je l'avoue, c'est que vous ayez pris la mouche si vite... à propos de rien.

— De rien ! est-ce que vous vous imaginez que je n'ai pas compris votre pensée en me demandant si les seize ans de ce petit me faisaient rêver ?...

— Bah ! oh bien, ma parole d'honneur, Lucia, vous avez découvert là-dedans une malice à laquelle je ne pensais guère.

— Taisez-vous donc ! tenez, vous riez encore...

— Quand je rirais, qu'est-ce que cela prouve ?

— Cela prouve que, vous autres hommes, vous avez la rage de chercher sans cesse du mal où il n'y en a pas...

« Eh! monsieur, cet enfant est gentil, très-gentil, sans doute... mais tout gentil qu'il est, quoique je ne sois qu'une danseuse,

Lucia poussa un cri de surprise. (Page 15.)

je m'estime encore assez pourtant pour ne pas rêver près d'un domestique.

« Tenez, Adalbert, il y a de ces plaisanteries que vous devriez m'épargner à moi... plus qu'à toute autre... car elles me blessent... elles me blessent... elles me font mal, je vous l'avoue.

« Oh! oui, bien mal! »

Lucia, en s'exprimant de la sorte, avait réussi à faire monter une larme à ses yeux.

Adalbert connaissait trop les convenances pour ne pas se montrer sensible à cet effort de sensibilité.

— Allons! allons! dit-il d'un ton de doux reproche, en prenant sa maîtresse dans ses bras, vous êtes une mauvaise, Lucia; comment! vous vous formalisez d'une plaisanterie à présent!... Je ne vous connaissais pas si sévère... Chut! chut!... Embrassez-moi vite, essuyez vos yeux et taisez-vous ou je me fâche à mon tour... et je ne vous donne pas cette belle bague en rubis que vous m'avez demandée hier au soir.

Un peu pour le comte, beaucoup pour la bague, Lucia sécha sa larme et accorda d'assez bonne grâce le baiser de paix.

— Maintenant, habillons-nous. Le temps est superbe. Allons voir pousser les violettes au bois.

Une demi-heure s'était écoulée à peine, et le comte et la danseuse montaient dans une charmante américaine attelée d'un fougueux alezan.

Derrière eux, sur son siège séparé, se tenait Georgette.

Georgette en groom.

Et plus à croquer que jamais sous ce nouveau costume.

Georgette à laquelle, de temps à autre, — en dépit de son mépris pour les domestiques, — Lucia lançait un furtif coup

d'œil, quand le comte se penchait en avant pour fouetter son cheval.

Chère petite Georgette! Elle ne faisait guère attention pourtant aux œillades de mademoiselle Lucia! Entraînée rapidement dans cette voiture, à travers ce Paris inconnu pour elle... gênée, quoi qu'elle fît, sous sa livrée, bien plus encore que sous les habits de Sidoine, étourdie du bruit qui l'entourait, ébahie de tout ce qu'elle apercevait, elle se croyait en proie à un songe.

Et, malgré elle, à chaque instant, elle fermait les yeux... prête à crier : « J'ai peur! arrêtez!... » prête à tout avouer pour avoir le droit de s'enfuir...

Tout à coup, le bruit a cessé autour de Georgette; l'américaine roule plus mollement sur une route sablée... l'atmosphère est plus pure, le soleil plus chaud... des gazouillements d'oiseaux ont succédé dans l'air aux cris des marchands.

Surprise, la jeune fille ose lever la tête et rouvrir hardiment les yeux...

O joie! elle est dans un bois... elle aperçoit des arbres... des gazons!...

Georgette respire à pleins poumons, son cœur, qu'une vague inquiétude oppressait, se dilate... les couleurs reparaissent sur son visage pâli...

Et un sourire effleure les lèvres de la pauvre enfant; un doux pressentiment parfume son âme : avant que ces feuilles, que le bon Dieu leur envoie avec le printemps, ne tombent de ces arbres qu'elle salue comme des amis, elle sera près de Sidoine, près de son amoureux, de son fiancé... là-bas... à Pierrefonds...

Et alors ils ne se quitteront plus... et ils se marieront...

Et quels gages désirez-vous gagner, Georgette? (Page 19.)

Et ils pourront se dire : « Je t'aime, » tous les matins, tous les jours, tous les soirs...

Comme ils se le sont si bien dit, — pour la première fois, — deux jours auparavant, dans la forêt de Compiègne!

VI

Monsieur et madame Dodard.

Le père Jacques Ridelle, le frotteur, l'ami de Pierre Balut, — avec lequel nous n'avons pu faire encore connaissance, par la faute de mademoiselle Lucia Rizzi qui *abominait* les gens qui louchent, — le père Jacques Ridelle était, nonobstant cet égarement permanent de ses prunelles, un digne et excellent homme qui, s'il n'avait pas inventé la cire dont il se servait pour lustrer le parquet de ses clients, était, du moins, doué d'une complaisance à l'épreuve au service des gens qu'il aimait.

Nous avons déjà vu de quelle façon Jacques Ridelle avait rempli une partie de ses promesses à Pierre Balut, en plaçant un de ses enfants chez le comte de Creuzé. En quittant la maison de ce dernier, le respectable frotteur se dirigea en toute hâte vers sa demeure, rue des Marais-Saint-Martin, où l'attendait Sidoine. Jacques Ridelle voulait faire d'une pierre deux coups; caser dans la même journée et la fille et le garçon. Le garçon avait son affaire, c'était au tour de la fille.

Au moment où son protecteur rentrait, Sidoine, peu sou-

cieux de troubler l'économie de sa coiffure, se tenait la tête dans les mains et pleurait, pelotonné au fond d'un vieux fauteuil. La séparation de nos amoureux avait été d'ailleurs des plus tristes, si triste, que depuis que la jeune fille n'était plus là, Sidoine n'avait pas encore trouvé la force de se consoler.

— Eh bien! eh bien! qu'est-ce que c'est, petite? s'écria Ridelle à l'aspect de la paysanne immobile, en manière de statue du désespoir, dans un coin de sa chambre, tu pleures toujours, Dieu me pardonne!... Tiens, tu aurais mieux fait de vider, en notre absence, pour te distraire, cette bouteille qui va prendre un goût de vidange.

Et joignant l'action au précepte, le brave homme emplit deux verres du reste d'une bouteille de bordeaux, dernier et imposant vestige d'un déjeuner qu'il avait voulu offrir à ses protégés avant de les mener en place.

— Merci, je n'ai pas soif, monsieur Jacques, repartit Sidoine, en avalant néanmoins sa part, pour ne pas déplaire, sans doute, au frotteur.

« Et Georgette, où est-elle?

— Georgette!... perds-tu la tête, ma fille... Quoi, Georgette?... c'est de Sidoine que tu veux parler?

— Oui! oui! excusez... je ne sais plus ce que je dis... Et Sidoine, est-il bien... est-il content, où il est?

— Pardi, il serait bien difficile!... une véritable place de chanoine... bien boire, bien manger, bien dormir, et ne pas faire grand'chose... merci!...

— Mais encore, qu'est-ce qu'elle... qu'est-ce qu'il aura à faire?

— Oh! je crois, porter les lettres de son maître... le suivre en voiture, ou à cheval, à la promenade.

Sidoine poussa un cri de terreur.

— A cheval ! mais Georgette ne monte pas à cheval !...

— Encore Georgette !... Mais il n'est pas question de toi... décidément tu bats la campagne, petite : si ton cousin ne sait pas monter à cheval, il apprendra... c'est tout simple...

— A cheval !... à cheval !... elle ! murmurait Sidoine.

— Après cela, je n'en sais guère plus que toi sur le métier de groom, reprit Ridelle, qui s'occupait de remettre en ordre, tout en causant, son modeste ménage ; je suis frotteur, moi, et je ne m'occupe pas de ce que font les autres. Le vrai là-dedans, je te le certifie, c'est que Sidoine va gagner quatre cents francs chez M. le comte de Creuzé... que quatre cents francs ne se trouvent point sous le pas d'un cheval, par le temps qui court... et que pour un gamin de son âge, c'est joliment flatteur de dénicher tout de suite une pareille position ! Est-ce que tu n'es pas de mon avis, voyons ?

— Si fait ! oh !... si fait, monsieur Ridelle ! et nous n'avons que des remerciments à vous adresser... Sidoine et moi. Mais...

— Mais comme tu aimes de tout ton cœur ton petit cousin qui doit être un jour ton petit mari, tu t'intéresses à ce qui le concerne, et c'est bien naturel, ma fille.

« Cependant, il faut être raisonnable, vois-tu, et ne plus pleurer... parce que cela te rendrait les yeux rouges et te donnerait mauvaise mine pour te présenter à ceux chez qui je vais te conduire.

« Mon Dieu ! vous pourrez vous voir et vous embrasser quelquefois, Sidoine et toi !

— Vrai, monsieur Jacques ?

— Parbleu ! lorsque l'ouvrage est faite, pourquoi pas ?... Et puis, vous savez ce que je vous ai promis à tous deux, moi qui vous rencontrerai deux fois par semaine en allant frotter dans vos maisons...

— Oui ! vous nous avez promis de nous apporter mutuellement de nos nouvelles... de nous remettre nos lettres... Dites-donc, quand la... quand le verrez-vous, Sidoine, père Ridelle ?...

— Mais après-demain... jeudi... oui, jeudi, c'est mon jour, chez M. le comte de Creuse.

— Eh bien ! si j'écrivais tout de suite une lettre pour... lui... hein ?

— Allons !... ça va te reprendre... vous vous êtes quittés il y a une heure à peine, et tu penses déjà à tes correspondances !... Mais quoi que tu pourrais donc lui dire, petite folle ?...

Sidoine soupira. Hélas !... quoiqu'il ne sût écrire ni bien ni vite, il sentait cependant que cette lettre lui eût coûté bien peu de peine et de temps...

Mais le frotteur avait tout rangé dans son logement.

— Et puis, y sommes-nous ? es-tu prête, ma fille ? dit-il, en s'avançant vers la fausse Georgette.

— Prête ? répéta celle-ci ; à laquelle le chagrin faisait à chaque minute oublier son rôle ; ah ! oui... oui !... je suis prête... et nous allons comme ça ?...

— Pardi, chez tes maîtres, M. et madame Dodard... une maison pas si riche que celle de M. le comte de Creuzé... mais cossue tout de même... Tu m'en diras de bonnes nouvelles, petite. Tu entres là pour remplacer une femme de chambre qui quitte pour se marier... De l'activité, de l'ordre et de l'intelligence, et tu feras aussi ton chemin avec ces gens-là, sois tranquille. As-tu pris ton paquet ?

— J'ai pris mon paquet, monsieur Ridelle.

— Bon ! en route alors... Oh !... c'est à deux pas... boulevart Saint-Denis... nous y serons tout de suite.

Sidoine, rappelé à la situation par l'importance même de la démarche qu'il allait tenter, avait rapidement rétabli l'équilibre de son bonnet de nuit, rajusté son fichu et donné deux ou trois tapes réparatrices aux plis chiffonnés de sa robe.

Il accepta le bras que lui tendait galamment le frotteur.

En moins de dix minutes, notre couple, d'une espèce particulière, avait atteint le boulevart Saint-Denis et la maison de M. et madame Dodard.

Portrait de M. Dodard :

Au physique.

Quarante-huit ans, gros, court, ramassé, l'air commun, le nez camard, les lèvres d'un nègre, l'œil rusé et niais à la fois, les mains et les pieds larges, les jambes arquées ; toute l'encolure d'un cuistre enfin.

Au moral.

Avare par principes et prodigue par ostentation, bête comme chou, ignorant comme âne, libertin par goût et retenu par peur.

Tout le caractère d'un marchand parvenu, quoi !

Portrait de madame Dodard :

Au physique.

Trente-six ans ; ayant été jolie, sans charme, et n'étant plus que ce qu'on est convenu d'appeler une belle femme : — grande, forte, très-fournie en appas, le nez long, la bouche charnue et possédant encore toutes ses dents ; cheveux épais mais durs ; le teint animé, les yeux grands et vifs, mains et pieds ordinaires... la jambe rutilante.

Au demeurant, une gaillarde.

Au moral :

Avare par frayeur de l'avenir, dépensière par coquetterie ; ni spirituelle, ni sotte, plutôt bonne que méchante, étant restée fidèle à son mari parce que le diable ne l'a pas tentée... mais regrettant parfois que le diable se soit si peu occupé d'elle...

Surtout quand elle revient du spectacle et qu'elle se couche seule en se rappelant *M. Mélingue* ou *M. Bressant*.

Au demeurant, une brave femme.

Et maintenant, à titre d'ombres à ces tableaux, joignez ceci : que M. et madame Dodard possèdent trente-deux mille livres de rentes amassées par eux, sou à sou, dans le commerce de joncs et rotins, papiers de chine, porcelaines, fanons de baleine, etc.

Sachez qu'ils n'ont pas d'enfants...

Qu'ils donnent un grand dîner une fois la semaine, un dîner splendide régulièrement, mais où, régulièrement aussi, les convives sont forcés de manger du pain rassis.

Petite lésinerie qui permet que beaucoup de plats du grand dîner demeurent intacts... — parce qu'il est patent que le pain rassis pousse moins à l'appétit que le pain tendre, — et puissent reparaître à la table de nos amphitryons, le lendemain et même le surlendemain.

Sachez encore que M. et madame Dodard font lit à part.

Que monsieur n'est pas jaloux de madame, mais qu'il n'aime pas qu'on la courtise, vu que *sa* femme, c'est à lui, comme *son* argent.

Que madame n'est pas jalouse de monsieur, mais qu'elle le surveille, non par tendresse, mais par amour-propre.

Et vous tiendrez les époux Dodard sur le bout de votre doigt.

Et, en entrant avec Jacques Ridelle et Sidoine chez les susdits époux, vous n'aurez pas besoin de nous demander à tout

bout de champ : « et pourquoi çi ? et pourquoi ça ? » à propos
de tout ce que vous y verrez se passer.

Assis l'un près de l'autre, au salon, — un beau et riche salon avec des housses en perse sur tous les meubles et des
étuis en gaze sur la pendule et les candélabres, — M. Dodard
lisait son journal, — *la Patrie*, — et madame Dodard faisait
de la tapisserie, quand Madeleine, la vieille cuisinière, — le
seul domestique pour l'instant de notre ménage, — entra leur
annoncer Jacques Ridelle et *sa compagne*.

— Ridelle ! le frotteur ! s'écria madame Dodard... et il m'a-
mène la petite fille dont il m'a parlé pour remplacer Rosalie...
Ah ! tant mieux !... il y a assez longtemps que je n'ai pas de
femme de chambre ! Qu'ils entrent, Madeleine, qu'ils entrent.

— Et qu'ils essuient bien leurs pieds d'abord, pour ne pas
salir le tapis, ajouta M. Dodard, sans quitter son journal.

Ridelle, tenant Sidoine par la main, se glissa par un des
battants entrebâillés de la porte du salon.

— Ah ! c'est vous, mon ami, reprit madame Dodard, tout
en inspectant, d'un rapide coup d'œil, celle qu'escortait le
frotteur. C'est là la personne en question ?

— Oui, madame, mademoiselle Georgette Balut, pour vous
servir.

— Si elle en était capable, fit M. Dodard, sacrifiant sa dignité
à un bon mot pour avoir le droit de rire et de regarder la
jeune fille.

— Monsieur ! murmura madame Dodard, vexée de ce manque de sens, dont elle comprenait d'ailleurs toute la portée.

« Approchez, mon enfant, approchez, continua-t-elle en s'a-
dressant à Sidoine, vous voulez donc entrer en service ?

— Oui, madame, repartit Sidoine, d'un ton qui n'avait rien
de joué comme timidité ; ce qui ne nuisait pas à son personnage.

— Mais vous êtes toute jeune ? Quel âge avez-vous ?

— Seize ans, madame.

— Seize ans... oh oui ! c'est bien jeune !... Et que savez-
vous faire ? cousez-vous ? blanchissez-vous un peu ?... con-
naissez-vous le repassage ?

Sidoine, qui ne s'était pas préparé à ces questions, — c'était
la faute de Georgette, aussi, qui, pas plus que son amant,
n'avait prévu ce qu'on exigerait du pauvre garçon, comme
instruction féminine ; — Sidoine devint pourpre, regarda madame Dodard, puis M. Dodard, puis Jacques Ridelle, et balbutia, à bout de regards effarés :

— Non !... je... je ne sais rien de tout cela !... madame.

— Rien !... rien !... répéta la bourgeoise, au comble de la
surprise ; comment, vous ne savez rien ?

— C'est peu ! ricana de nouveau M. Dodard.

— Allons ! petite, tu n'oses pas avouer, fit Ridelle, qui essaya
de venir en aide à sa protégée : que diable !... tu raccommo-
dais bien un brin, là-bas, les hardes de ton grand-père.

— Au fait ! pensa Sidoine, s'ils y tiennent, je coudrai ! .. ça
ne doit pas être plus malin qu'autre chose.

Et il reprit tout haut :

— Mon Dieu !... c'est que... peut-être, à Paris... ce n'est
plus comme à la campagne... C'est pour cela... mais j'ai tout
plein de bonne volonté, madame... et quand vous m'aurez en-
seigné un peu...

Un sourire aimable de madame Dodard fut la récompense
première de ces paroles.

— A la bonne heure, dit-elle, si vous n'êtes guère savante,
au moins vous m'avez l'air d'une bonne fille.

« Et quels gages désirez-vous gagner, Georgette ? »

Sidoine baissa les yeux.

— Vous concevez bien que si je me décidais à vous prendre, mon enfant, poursuivit madame Dodard, je ne pourrais
raisonnablement vous donner ce que je donnais à celle qui
vient de partir, et qui était très-habile ?

— Oui, madame, oui, je conçois.

— Elle ne m'a pas quittée, au reste, parce qu'elle s'ennuyait chez moi, cette chère Rosalie... cependant, certaines
considérations...

La voix de madame Dodard était devenue sévère... M. Dodard s'était replongé avec fureur dans sa *Patrie*.

— Certaines considérations... et un mariage prochain lui
commandaient cette séparation.

« Enfin, elle gagnait quatre cents francs ici... et elle ne les
volait pas.

« Mais à vous... à vous, avec qui c'est toute une éducation
à faire, à ce qu'il me paraît... »

M. Dodard sourit en se mouchant.

— A vous enfin, Georgette, je crois que... trois cents
francs..,

— Et c'est encore assez payé comme cela ! siffla M. Dodard.

— Eh bien ! madame, fit Sidoine, je crois comme vous que
trois cents francs me suffiraient.

La grosse bourgeoise s'épanouit.

M. Dodard fit un haussement d'épaules qui signifiait :

— Parbleu ! quand je le disais ! Elle se serait donnée pour
deux cents !

— Ce point arrêté, reprit madame Dodard, nous pouvons
donc nous entendre.

« Je ne vous cache pas pourtant que je crains d'avoir fort
à faire pour vous mettre au courant du service...

« Mais j'espère que vous me tiendrez compte de mes peines
à ce sujet, en ne me quittant pas vilainement, sitôt que vous
saurez quelque chose...

— Oh ! madame... par exemple !...

— Oui ! oui !... votre physionomie me revient... j'ai confiance en vous.

« Avez-vous des connaissances à Paris ?...

— J'ai ma... j'ai mon cousin... et puis M. Jacques Ridelle...
voilà tout.

— Bon !... vous pourrez aller leur rendre visite une fois
tous les quinze jours, s'il vous plaît... On sort une fois tous les
quinze jours ici ; mais on ne reçoit jamais personne, vous en-
tendez ?

— Non ! jamais ! jamais ! répéta gravement M. Dodard.

— C'est bien, monsieur, madame, je me conformerai à vos
volontés, repartit Sidoine, qui ne se préoccupait guère du lieu
où il verrait Georgette, pourvu qu'il fût certain de la voir
quelque part.

— Et, là-dessus, dites adieu à votre vieil ami, reprit madame Dodard. et allez trouver Madeleine, la cuisinière, mon
enfant... elle vous montrera votre chambre, et vous donnera
les premiers éléments de votre besogne.

« Et tout ira à notre commune satisfaction, je l'espère.

« Tiens !... je n'avais pas remarqué... pourquoi donc avez-
vous les cheveux si courts ?... vous avez été malade ?... »

Sidoine rougit encore.

— Oui, madame, oui, j'ai été malade... dernièrement..
j'ai eu une fièvre... *typhourique*...

— *Typhourique* !...

— C'est typhoïde qu'elle veut dire probablement, fit M. Dodard, en riant à se mordre les oreilles.

— Oui... *typhoride*... c'est ça, reprit Sidoine, qui avait écorché, au hasard, le premier nom de maladie qu'il s'était rappelé, tandis que madame, de son côté, et Jacques Ridelle, — pour imiter monsieur et madame, — riaient, à leur tour, de toutes leurs forces.

— Enfin, nous tâcherons que vous soyez toujours bien portante chez nous, Georgette, dit madame Dodard, rappelant à elle son sérieux, — ce qui interrompit, comme par enchantement, le cours de la gaîté de son mari et du frotteur.

« Allez, allez !... et si vous avez faim ou besoin de quelque chose, ne vous gênez pas !

« Au revoir et merci, monsieur Ridelle. »

. . . .

Monsieur et madame Dodard étaient seuls.

Et monsieur, devinant ce qui lui pendait au nez, à ce moment suprême, s'était déjà empressé de se cacher de nouveau dans sa *Patrie*, — espérant peut-être, comme la cigogne, que, parce qu'on ne lui voyait plus la tête, on ne devait plus s'occuper de lui.

Mais madame Dodard connaissait cette malice, cousue de fil blanc, des cigognes et des maris, — de l'espèce de M. Dodard, bien entendu !

Après un léger : « hum ! hum ! » et quelques pas dans le salon, en guise d'exorde, la belle femme s'arrêta devant le patient.

— Un mot, monsieur, lui dit-elle.

M. Dodard, résigné, laissa tomber son journal.

— Deux mots, s'il vous est agréable, ma bonne, fit-il.

— Vous comprenez ce dont il est question, n'est-ce pas, monsieur ? reprit madame Dodard d'un ton imposant ; nous allons avoir une nouvelle camériste... j'espère qu'il n'en sera pas avec celle-ci comme avec les précédentes, et notamment avec cette pauvre Rosalie, que vous avez mise vingt fois dans le cas, si elle ne m'avait beaucoup aimée, d'abandonner notre maison... vous savez pour quels motifs ?

M. Dodard ne bougeait pas.

M. Dodard ne soufflait pas.

Ah !... telle est la contenance d'un criminel devant son juge !

— Cette petite Georgette est une enfant... elle a l'air doux, honnête... poursuivit le juge ; on me la confie ; vous respecterez donc sa jeunesse et sa candeur... je puis compter là-dessus, n'est-ce pas, monsieur ?

— Comptez-y, madame, balbutia le criminel, d'une voix étranglée.

— Il suffit !

« Continuez votre lecture, monsieur, j'ai fini. »

Et M. Dodard laissa échapper un soupir de soulagement... et de crocodile.

Et madame Dodard, digne et fière comme Pénélope, se remit à sa tapisserie.

VII

Où Sidoine commence à apprendre ce qu'il ne savait pas.

Si le système d'échange de sexes inventé par Georgette, à l'usage de son amant et d'elle-même, pouvait avoir quelques

avantages rassurants d'un côté, à coup sûr il en manquait totalement de l'autre.

Trop de prudence peut nuire comme trop d'amour... et surtout trop d'innocence.

Mais, après tout, pourvu que, grâce à sa métamorphose de fille en garçon, Georgette passât intacte à travers les dangers signalés à nos amoureux par la mère Pidou, le but n'était-il pas atteint ?

Qu'importait que, plus tenté que Georgette, ou moins courageux, Sidoine laissât aux ronces du chemin quelques lambeaux de sa tunique virginale !

Si la vertu n'est qu'un mot, — selon l'opinion de Brutus, — franchement ce ne doit plus être qu'une virgule, dans certaines occasions de la vie de jeune homme, où toute lutte contre une faute devient impossible !

Il est vrai que, ce que nous disons là, Georgette ne l'eût certainement pas dit, elle, si elle se fût trouvée plus instruite ou moins naïve qu'elle ne l'était, en se rendant à Paris avec son amant...

Et qu'elle n'eût jamais consenti à sacrifier à sa propre sécurité la fidélité de Sidoine.

Mais la jeune fille ne savait rien... rien, alors... nous le répétons ; elle n'avait donc pas pu réfléchir... et, le jour où elle devait deviner ou apprendre, il serait trop tard pour se repentir.

Au résumé, tout était donc pour le mieux dans la situation respective de nos amoureux.

Et puisqu'il ne se plaignaient ni l'un ni l'autre, l'un de l'autre, je ne vois pas trop à quel propos je perdrais mon temps à plaindre l'un ou l'autre.

Dix jours s'étaient écoulés depuis l'entrée de Sidoine-Georgette chez les époux Dodard.

Et notre camériste commençait à se distinguer dans ses nouvelles fonctions.

Elle savait admirablement faire un lit.

Elle servait très-convenablement à table.

Enfin, elle habillait et elle déshabillait, aux oiseaux, madame.

Il n'y avait que la couture à laquelle elle mordit difficilement, nonobstant les doctes leçons de Madeleine...

Mais Madeleine assurait que cela viendrait à la longue.

Et comme Sidoine-Georgette était, d'ailleurs, propre, soignée, adroite et polie, au possible, dans son service, madame Dodard fermait les yeux sur les imperfections de sa femme de chambre, pour ne les ouvrir que sur ses qualités.

Cependant, dans ce métier, assez excentrique pour un homme, où le hasard l'avait jeté, Sidoine n'avait pas passé dix jours sans ne rien apprendre d'autre qu'à ourler des torchons, retourner des matelas, distribuer des assiettes et lacer ou délacer madame.

Quelque naïf qu'il fût, Sidoine avait des sens et des yeux comme un autre... Ces sens et ces yeux, endormis encore, à Pierrefonds, au sein des chastes délices d'un amour candide, s'étaient éveillés à Paris, excités par l'imagination, — cette folle, mais si joyeuse conseillère, — et surtout par l'étude incessante de certaines merveilles inconnues, — n'oublions pas que, pour les ignorants, tout ce qui est inconnu est merveille, — à laquelle madame Dodard laissait d'autant plus facilement se livrer Sidoine, qu'elle *la* trouvait, en même temps que jeune et innocente, complaisante aussi et empressée surtout.

Mais si la science, si vite acquise par Sidoine, s'était prise, non moins vite, à fermenter dans la tête du cher petit... l'excitant à relire deux ou trois fois par jour une lettre que lui avait déjà envoyée Georgette, et dans laquelle elle lui jurait vingt et une fois qu'elle l'aimait...

Lui faisant désirer plus impatiemment que jamais l'arrivée de ce bienheureux jour de sortie de la quinzaine, où il pourrait voir sa maîtresse... lui parler... l'embrasser...

Néanmoins, Sidoine, timide et craintif de sa nature, n'avait pas encore permis à ses rêves de l'entraîner trop loin...

Et, dans le présent, près de la belle madame Dodard, dans l'avenir, près de son adorable Georgette, Sidoine, en fait de bonheur, ne désirait toujours prendre que ce qu'on voudrait lui donner :

Ici, de furtives joies dans de furtives découvertes... là-bas... une joie réelle dans un bon baiser... un bon, oui... mais un seul !... comme celui de la forêt de Compiègne !...

Lorsqu'un incident imprévu vint changer la face des choses, ou, plutôt, la face du caractère de Sidoine,

Ce jour-là, comme monsieur et madame Dodard allaient se mettre à table pour dîner, Rosalie, — l'ex-femme de chambre de la bourgeoise, la devancière de Sidoine, — parut subitement dans la salle à manger. En sa qualité d'ancienne commensale de la maison, mademoiselle Rosalie avait jugé inutile de se faire annoncer; elle était montée par l'escalier de service, dans la cuisine, et elle entrait ainsi, sans façon, certaine qu'elle serait la bien reçue.

Au reste, elle ne s'était pas trompée. A ces mots : — Et comment ça va-t-il, monsieur et madame? prononcés par une voix connue; à l'aspect de ce visage aimé, monsieur et madame Dodard poussèrent, en même temps, une exclamation de plaisir.

— Rosalie! fit madame Dodard; comment c'est toi, ma fille! et par quel hasard?

« Assieds-toi... assieds-toi.

— Oui, oui... asseyez-vous, Rosalie, reprit M. Dodard, d'un ton paterne.

— Mon Dieu! madame, voilà la cause de ma visite, tout simplement : je reviens de mon pays, où j'étais allée, comme vous savez, chercher les papiers nécessaires à mon mariage.

« C'est après-demain que je me marie.

« Et, avant de m'engager à tout jamais, j'ai voulu profiter d'un dernier moment de liberté pour dire un petit bonjour à monsieur et madame.

— C'est très-gentil de ta part, cela !... As-tu dîné?

— Oh! madame est trop bonne... je ne suis pas venue...

— Que tu es enfant! dîne ici... Tiens! voici Georgette, celle qui t'a remplacée, qui te tiendra compagnie avec Madeleine...

« Et, du moins, dans la soirée, si tu n'es pas trop pressée de te sauver, après m'avoir conté tes petites affaires, tu pourras donner à cette enfant quelques notions, sur le service, qui lui manquent encore. »

Mademoiselle Rosalie considérait curieusement Sidoine-Georgette,

Et ce dernier, debout et immobile derrière madame, se laissait tranquillement considérer.

— En effet, reprit Rosalie, les lèvres pincées, mademoiselle me semble bien jeune pour une femme de chambre.

— Je tâche d'acquérir du talent pour qu'on oublie mon âge, mademoiselle, repartit assez prestement Sidoine, humilié, malgré lui, de l'air dédaigneux de l'ex-camériste.

Celle-ci sourit. C'était une bonne fille, au fond, que made-

moiselle Rosalie; petite, vive, agaçante, avec son nez retroussé et ses yeux bleus de dix-neuf ans, et surtout douée de beaucoup plus d'expérience et de finesse que les époux Dodard ne lui en avaient jamais supposé.

La suite de cette histoire confirmera notre dire.

— Eh bien! fit Rosalie, en se levant, je vais aider mademoiselle Georgette à servir le dîner de monsieur et madame, et je resterai ensuite toute la soirée ici, si on le désire !

« Oh! je suis libre. On ne sait pas encore, dans la famille de mon futur, mon retour à Paris.

— Bravo! s'écria M. Dodard, c'est cela : sers-nous, Rosalie... ça me donnera de l'appétit... ça me...

Un froncement de sourcil de sa moitié interrompit le trop gracieux bourgeois.

— Ainsi, c'est bien décidé, tu te maries? reprit madame Dodard.

— Mon Dieu! oui !... Que voulez-vous.... j'ai l'âge... et c'est si ennuyeux de vieillir fille !... Et puis, mon mari est très-complaisant, très-aimable... Mademoiselle Georgette, voulez-vous enlever le potage? — Je crois que je serai heureuse avec lui !...

— Et que fait-il, ton mari?

— Comment! je ne vous l'ai pas dit déjà, madame? Il est tailleur...

— Alors, ce doit être un Allemand, fit, d'un ton malin, M. Dodard; tous les tailleurs sont Allemands... c'est comme les cordonniers... qui sont Polonais onze sur douze...

— Ah! ma foi ! j'ignore si mon mari est Allemand ou Polonais... — Ah! voilà un poisson superbe... et cuit à point... — Il est amoureux fou de moi; et ça me suffit... — la cuiller à poisson, mademoiselle Georgette.

— Et, une fois mariée, tu ne comptes pas te remettre en place ?

— Non ! madame, oh non !... Certes j'étais bien heureuse ici.... Madame est si bonne et monsieur... si... si indulgent !...

Rosalie avait eu de la peine à trouver le mot.

— Mais la liberté, c'est bien bon aussi !...

— Et puis, tu auras de beaux petits enfants... qui t'appelleront maman...

— Oui! oui ! je m'imagine que tu auras beaucoup de petits enfants, répéta M. Dodard.

Rosalie partit d'un éclat de rire.

Madame Dodard fronça, derechef, le sourcil,

— Tiens! cette idée ! répliqua la pétulante soubrette, pourquoi donc que monsieur s'imagine ça si bien !... mais je n'ai pas tant d'ambition... je trouve qu'un seul est bien suffisant... et pas trop vite encore...

— Et tu vas demeurer? dit madame Dodard, que le tour de la conversation impatientait évidemment.

— Oh! nous ne sommes pas encore fixés là-dessus mon mari et moi, madame ! Cependant, je pense que ce sera dans le quartier... Popincourt... attendu que mon mari y habite déjà et qu'il y a ses pratiques...

« Mademoiselle Georgette, le couteau à découper... Ah! votre couvert n'est pas bien mis, mademoiselle Georgette !...

— Vous avez raison, mademoiselle... j'y ferai attention.

— Ce n'est pas pour vous gronder que je vous dis cela, ma petite; mais puisque madame me l'a permis... il vaut mieux dire tout de suite les choses, voyez-vous, que de les penser longtemps...

« Merci... voulez-vous aller chercher les légumes ?... »

Et, entremêlé des questions de madame Dodard, des remarques plus ou moins spirituelles de M. Dodard, du petit bavardage de mademoiselle Rosalie et de ses conseils à Sidoine-Georgette, le dîner de nos bourgeois s'achevait peu à peu...

Quand le café fut sur la table, madame Dodard donna congé à ses suivantes.

— Allez dîner, mesdemoiselles, leur dit-elle, nous n'avons plus besoin de vous.

« Rosal , ne te gêne pas pour causer avec Georgette, entends-tu? tu sais que je t'y autorise pleinement. Cela ne peut que lui être utile.

— Soyez tranquille, madame !

A leur tour, Sidoine et Rosalie, rejoignant, à la cuisine, Madeleine qui avait préparé leurs couverts, se mirent à fêter le poisson et la volaille dont ils n'avaient pu jusque-là sentir que le fumet, apprécier que le mérite apparent.

Rosalie et Madeleine faisaient rapidement disparaître les morceaux; Sidoine, au contraire, lui, mangeait fort peu. Sans se rendre compte de ce qu'il éprouvait, notre jeune drille se sentait tout préoccupé près du nez retroussé de mademoiselle Rosalie.

— Est-ce que vous êtes malade, Georgette? fit, la première, Madeleine; vous laissez votre assiette pleine.

— C'est vrai ! vous n'allez pas ! ajouta Rosalie; est-ce que vous souffrez de quelque part?

— Du tout ! mademoiselle.

— Cela vous est peut-être désagréable, que je sois ici ?

— Désagréable ! et pourquoi ?

— Dame ! quelquefois on n'aime pas à recevoir des conseils... d'une étrangère; et, pourtant, les miens sont tout dans votre intérêt, je vous l'atteste !

— Oh ! ce n'est pas cela, mademoiselle, soyez en certaine... et vous pouvez rester ici, aussi longtemps qu'il vous plaira... me conseiller, me gronder même, s'il est nécessaire... je ne m'en plaindrai pas !

Rosalie tendit la main à Sidoine-Georgette.

— Vous avez un bon caractère, tant mieux! lui dit-elle. Eh bien! achevons notre dîner, et ensuite, puisque vous me le permettez, je m'occuperai un peu de vos talents en couture.

— Oh ! quant à cela, tu auras fort à faire, Rosalie, avec notre petite Georgette, reprit Madeleine; je crois qu'elle n'a jamais tenu une aiguille de sa vie ! La chère enfant ! ce n'est pas pour le lui reprocher... mais elle est d'une gaucherie !...

— Vous ne cousiez donc pas dans votre pays, Georgette ? fit Rosalie.

— Pas souvent ! repartit Sidoine, en retenant une envie de rire.

— Bah! c'est égal... en se donnant un peu de peine, on vient à bout de tout.

« Et puis, — ajouta Rosalie, penchée vers le jeune homme et lui désignant du regard Madeleine, — peut-être que le professeur est trop vieux... vous apprendriez mieux, j'en suis sûre, avec moi, n'est-ce pas ?

Sidoine serra la main de Rosalie.

— Oh ! oui, mademoiselle, j'apprendrais bien mieux avec vous ! murmura-t-il.

L'ex-camériste de madame Dodard sourit à sa nouvelle amie.

Aussitôt le repas achevé, les *deux* jeunes filles, assises, côte à côte dans leur chambre, — je dis *leur*, puisque l'une ne

s'y était établie qu'après que l'autre l'avait quittée, — se mirent, à la lueur d'une lampe, celle-ci à exhiber son savoir-faire dans l'art des points-devant et des points-arrière, celle-là à examiner attentivement... ou plutôt à simuler une grande attention à cette besogne.

Car c'était Rosalie qui donnait sa première leçon de couture à Sidoine-Georgette.

Et nous devons avouer que la fausse camériste, au lieu de s'occuper, comme c'était son devoir, des savants enseignements de sa devancière, songeait bien plus à admirer les deux petites mains de celle-ci voltigeant sur son ouvrage... et ses fins cheveux blond cendré... et sa bouche fraîche et rose, et son nez retroussé, surtout... ce nez mutin, espiègle... l'objet des regrets éternels de M. Dodard.

Les femmes sont coquettes, même entre elles. Rosalie s'aperçut de la flatteuse contemplation de sa compagne, et sa sympathie pour cette dernière s'en accrut.

— Eh bien, Georgette, fit-elle, comprenez-vous tout ce que je vous enseigne là, et voulez-vous essayer à votre tour?

Sidoine secoua la tête.

— Bah ! une autre fois, hein? répliqua-t-il, je ne suis pas en train ce soir.

— Paresseuse !

— Non ! ce n'est point paresse, mademoiselle; mais il me semble... je m'imagine que nous pouvons employer plus gaiment notre temps, à cette heure,,. qu'à faire des ourlets ou des reprises.

— Qu'elle est drôle, cette petite !... Et que voulez-vous que nous fassions ?

— Eh bien, causons, par exemple.

— Causer !... et qu'avons-nous à nous dire, nous ne nous connaissons pas ?

— Oh ! je crois qu'il n'est pas utile de se connaître beaucoup pour se dire des choses aimables. Par exemple, tenez... moi, cela me fait le plus grand plaisir de vous assurer que je vous trouve gentille et bonne... et que je serais très-heureuse de vous voir souvent.

Rosalie arrêta sur Sidoine un regard à la fois joyeux et satisfait.

— Vraiment ! dit-elle... mais vous aussi, ma chère, vous êtes très-gentille, et vous avez l'air fort aimable... nous nous entendons parfaitement à ce qu'il paraît. Quel âge avez-vous donc ?

— Seize ans.

— Seize ans ! une enfant !... Pourquoi ne mettez-vous pas de corset ?

— Oh !... c'est que je n'en ai pas besoin encore... ce n'est point comme vous !

— Oui... mais moi j'ai dix-neuf ans, et quand vous aurez dix-neuf ans !... N'importe, ma petite... il vaut mieux vous habituer aux corsets de bonne heure... pour votre taille ! Ces gens de la campagne, ça ne sait même pas s'habiller... Et vos cheveux... on vous les a coupés à la suite d'une maladie?

— Oui... à la suite... Oh! c'est vous qui en avez de beaux aussi... et fins... et brillants !...

— Qu'elle est amusante !... elle me regarde et elle me parle comme un amoureux...

— Un amoureux !

Sidoine se troubla : ce mot lui avait rappelé qu'il était un amoureux, en effet, lui !... et qu'il se comportait assez mal, par parenthèse, en ce moment, en oubliant quelque peu son amoureuse près du nez retroussé de mademoiselle Rosalie.

— Eh bien ! oui, un amoureux, reprit cette dernière; savez-vous ce que c'est qu'un amoureux, Georgette ?

— Non... mademoiselle.

— Non ! Au fait, je suis bête... avec si peu de corset que cela il n'est pas probable...

— Et vous. mademoiselle Rosalie, vous le savez, sans doute, ce que c'est ?

Rosalie rougit légèrement.

— Moi... oh !... je ne suis pas arrivée à mon âge, il est vrai, sans apprendre... quelque chose... mais...

— Est-ce votre futur mari qui est votre amoureux ?

— Mon futur mari ?

Rosalie partit d'un grand éclat de rire

— Pourquoi riez-vous ? fit Sidoine surpris

— Pourquoi... oh ! ce serait trop long à vous conter... et...

« Oh ! mon Dieu ! est-ce que c'est la pluie qui tombe comme cela ?...

— Oui, c'est la pluie...

— Et il est bientôt neuf heures... ah ! le temps passe vite quand on bavarde... Ça tombe à torrents !... comment vais-je faire pour m'en aller, moi qui demeure si loin !

Ici la porte de la chambre des deux amies s'ouvrit. C'était madame Dodard qui daignait venir, elle-même, donner le coup d'œil de la maîtresse au travail de Rosalie et de Georgette.

— Eh bien ! dit-elle, où en êtes-vous, mesdemoiselles ? N'est-ce pas, Rosalie, qu'elle n'est pas forte, cette pauvre Georgette ?

— Oh !... elle a des dispositions, madame... et si je puis revenir encore une fois...

— Qu'est-ce que tu fais donc ? tu t'en vas, Rosalie ?

— Mais il le faut bien, madame; il est neuf heures... je ne suis pas rue Popincourt...

— Comment ! tu n'entends donc pas l'orage ?... Mais, ma chère fille, il est bien plus sage de rester ici... tu coucheras avec Georgette, c'est tout simple... et demain matin tu t'en iras après déjeuner.

Rosalie regarda Sidoine, qui n'osait pas regarder Rosalie...

— Au fait, reprit-elle, vous avez raison, madame... je puis coucher ici... si ça ne gêne pas trop mademoiselle Georgette.

— Oh !... ça ne me gênera pas ! balbutia Sidoine.

— C'est cela... et de cette façon vous pourrez continuer de travailler encore un peu.

« Bonsoir, petites; je vais me mettre au lit, moi, cet orage me porte aux nerfs... Ne te dérange pas, Georgette, je me passerai de toi... je préfère que tu prennes une bonne leçon... Bonsoir.

Et madame Dodard s'éloigna.

— C'est bien vrai, au moins, que ça ne vous ennuie pas que je partage votre lit ? dit Rosalie à la fausse Georgette, lorsqu'elle se trouva seule avec elle. C'est que je ne voudrais pas...

— Non ! non !... ça ne m'ennuie pas, mademoiselle, au contraire !... interrompit vivement Sidoine.

— Merci !... Alors, tenez, si vous m'en croyez... madame ne reviendra pas... je suis un peu fatiguée... j'ai couru toute la

journée... nous remettrons la fin de la leçon à demain matin et nous nous coucherons tout de suite...

« Oh ! cela ne nous empêchera pas de causer !..

— Si vous le voulez... je ne demande pas mieux... couchons-nous ! repartit Sidoine qui entendait battre son cœur.

Mademoiselle Rosalie se déshabillait déjà...

— Eh bien ! fit-elle, en voyant sa compagne demeurer immobile sur sa chaise, que faites-vous donc, Georgette ? vous ne m'imitez pas ?

Sidoine tremblait de tout son corps.

— C'est que... c'est que... comme ça, dit-il, quand on n'a pas l'habitude... quand on ne se connaît pas... la lumière...

— Ah ! c'est la lumière qui vous intimide, attendez !...

D'un souffle, mademoiselle Rosalie répandit l'obscurité dans la chambre.

— A la bonne heure ! fit Sidoine, plus à son aise.

*
* *

Vers une heure du matin, environ, voici la petite conversation qui avait lieu entre Rosalie et Sidoine.

— Écoute, Sidoine, disait Rosalie, puisque tu ne veux pas m'expliquer comment il se fait que tu te trouves ici, toi, un homme, sous les habits d'une fille, je consens à ne pas te presser davantage.

« Garde ton secret, ça ne m'empêchera pas de t'aimer... je suis bien sûre que ce n'est pas pour madame Dodard que tu t'es déguisé de la sorte... elle ne m'aurait pas invitée, elle-même, à partager ta chambre.

« Cependant il me faut un serment... oh ! un serment solennel !

— Deux si tu l'exiges.

— C'est assez d'un, pourvu que tu le tiennes.

. « D'abord, je ne me marie pas, entends-tu ? je ne me marie pas le moins du monde. C'est une frime que j'ai employée pour m'en aller d'ici, où je me déplaisais... parce qu'on n'y gagne pas assez et que monsieur ne faisait que me pincer dans tous les coins et recoins où il pouvait me surprendre.

« Au fait... t'a-t-il déjà pincée, monsieur, mademoiselle Georgette ?

— Non, pas encore... il me regarde, mais il ne me touche pas.

— Ah ! ah ! c'est dommage ! Donc j'entre demain en place... oh ! une place soignée... comme j'en souhaitais une depuis longtemps...

« Chez une dame... de la haute... une danseuse...

« Je te donnerai l'adresse de ma nouvelle maîtresse, et je veux... je veux... comprends-tu bien ? que tu y viennes me voir tous les jours de sortie. Tu quittes d'ici, comme c'est l'usage, à six heures et demie, une fois ton dîner servi... ce n'est pas loin... à sept heures tu peux être près de moi...

« Est-ce convenu ?... est-ce arrêté ?... as-tu juré ? »

Sidoine hésitait. Au sein même de son crime, il songeait à celle qu'il outrageait... à cette pauvre Georgette ! Elle aussi, elle comptait sur lui, en ses jours de liberté !

— Eh bien ! reprit mademoiselle Rosalie, dont la patience

Que faites-vous donc, Georgette ? vous ne m'imitez pas ? (Page 23.)

n'était pas une des vertus principales, eh bien ! monsieur, j'attends... jurerez-vous, enfin ?

— Au fait ! pensa Sidoine, j'irai voir l'une; mais cela ne m'empêchera pas de voir l'autre.

« Je te jure... tout ce que tu voudras, Rosalie ! dit-il dans un baiser. »

. . . .

Oh ! monsieur Sidoine ! monsieur Sidoine ! Libertin, infidèle et menteur, déjà, tout à la fois ! Vous avez bien fait du chemin en bien peu de temps, monsieur Sidoine !

VII

Où la femme de chambre vient, malgré elle, en aide
à sa maîtresse.

Nous avons dit que le comte Adalbert de Creuzé était un homme d'esprit; mais nous avons oublié, je crois, de dire qu'il était, en outre, orné d'un excellent cœur.

Du cœur ! une qualité négative aux yeux d'une infinité d'esprits forts de notre époque !

Mais il faut bien que les esprits forts nient beaucoup puisqu'ils sont incapables de rien prouver.

Or, M. de Creuzé, grâce à sa double richesse de cœur et d'esprit, se laissait donc facilement entraîner vers ce qu'il trouvait aimable ou bon.

Et homme, femme, voire même bête... ami, maîtresse ou chien, il était toujours prêt à user de réciprocité avec tout ce qui lui semblait vouloir lui plaire, l'amuser ou l'aimer, franchement.

Doué de pareilles dispositions, Adalbert de Creuzé n'avait pu, sans le remarquer, garder quelque temps près de lui le gracieux petit groom que le sort, et Ridelle le frotteur, lui avaient procuré.

Quoi qu'en disent les gens laids, les agréments physiques ont une grande importance dans les événements de la vie.

Georgette était ravissante, on le sait, sous sa livrée.

Et le comte Adalbert souriait gaîment, chaque fois que son regard s'arrêtait sur les traits fins, coquets et jolis de Georgette.

De plus, elle était d'une intelligence, d'une douceur et d'une vivacité remarquables.

Et ces qualités de son groom étaient encore, comme de raison, fort appréciées de M. le comte.

Grâce à cet intérêt particulier que lui portait son maître, Georgette passait donc assez tranquillement ses jours dans sa nouvelle condition : ne faisant que ce qu'elle voulait...

Laissant à M. Picard, le valet de chambre, un assez brave garçon, d'ailleurs, le soin de faire ce qu'elle ne voulait pas... — Les promenades à cheval, par exemple. — Jouissant, à l'aise, du droit de rêver souvent, seule, en attendant M. le comte, — soit à la porte du club, soit sous le péristyle d'un théâtre ou dans une antichambre, — au jour si désiré où elle reverrait Sidoine ! au moment, plus désiré encore, où elle rentrerait avec lui, à Pierrefonds...

Et, confiante en son étoile, illusionnée par sa candeur même, ne présumant pas que quelque péripétie imprévue et

Approche, Sidoine. (Page 33.)

fâcheuse pût venir jamais se jeter au milieu de sa tranquillité présente ou de son bonheur futur.

Cependant l'heure des dangers allait sonner pour la jeune fille.

Restait à savoir comment elle se tirerait de ces mauvais pas.

Depuis quelques jours, mademoiselle Lucia Rizzi se trouvait souffrante, ce qui faisait que, depuis quelques jours, elle ne venait point chez son amant, et que c'était le comte qui allait, de temps en temps, chez elle.

Un matin, Adalbert, appelé ailleurs par une affaire ou un plaisir, ne pouvant rendre à sa maîtresse la visite qu'il lui avait promise la veille, lui écrivit un mot d'excuse.

Ce fut Georgette-Sidoine qui reçut l'ordre de porter ce mot à la danseuse.

Mademoiselle Lucia Rizzi habitait, rue de la Ferme-des-Mathurins, un appartement où le comte de Creuzé avait déployé tout le luxe et l'élégance imaginables. Velours, soieries, bronzes, glaces et dorures, tout y était d'un goût exquis.

Mais M. le comte de Creuzé possédait quatre-vingt mille livres de rentes; mademoiselle Lucia Rizzi avait un nom dans le monde galant..

L'appartement de la danseuse était donc seulement en rapport avec la fortune de l'amant, et la réputation de la maîtresse.

Lucia était encore au lit quand Sophie, sa femme de chambre, lui remit le billet du comte.

Elle le parcourut d'un œil indifférent, et après avoir prononcé ces mots : « C'est bien! » laissant retomber sa tête sur l'oreiller, elle se disposait à se replonger dans cette douce somnolence du matin, aux charmes de laquelle les femmes en

général, et les danseuses en particulier, se plaisent infiniment... lorsque, se ravisant tout d'un coup :

— Qui est-ce qui a apporté ce billet ? dit-elle.

— Le groom de M. le comte, madame, repartit la femme de chambre.

— Ah !.. Dites-lui d'entrer... j'ai un mot à lui répondre. — Tirez un peu les rideaux de la fenêtre, d'abord, Sophie.

« Bien, comme cela.

« Allez, maintenant.

La femme de chambre s'était éloignée.

Et Lucia, qui n'avait plus, vraisemblablement, envie de dormir, s'était assise sur son lit.

Un miroir à la main, elle arrangeait les boucles de sa coiffure et les dentelles de son bonnet de nuit.

Georgette entra, son chapeau à la main; elle fit quelques pas sur le tapis de la chambre à coucher et s'arrêta dans un silence et une immobilité respectueux.

— Bonjour, Sidoine ! cria la danseuse, d'un ton dégagé; bonjour, petit Sidoine, est-ce que cela ne vous fait pas plaisir, de me voir ?

— Si, madame.

— Savez-vous qu'il y a longtemps que je n'ai paru chez M. le comte. Voyons ! là... vous n'étiez pas un peu inquiet de ma santé ?

Georgette, étonnée de ces questions, et de la manière dont on les lui adressait, tournait et retournait son chapeau dans ses doigts, en répétant toujours :

— Si, madame ! oh ! si, madame !

— Tenez ! reprit Lucia, asseyez-vous là, près de mon lit.. Oh ! je ne fais pas d'embarras, moi, avec les gens qui me reviennent... et vous me revenez... Posez votre chapeau quelque part, il vous embarrasse... et causons, voulez-vous?

Georgette, de plus en plus surprise, obéit.

— Il y a longtemps, poursuivit la danseuse, que je désire vous parler... mais les circonstances m'en ont empêchée... Comme il est rouge!... est-ce que je vous fais peur?...

— Oh! non! madame.

— Oh! non!... voyez-vous cela!... Cependant vous n'osez pas me regarder en face... Ah!... à la bonne heure!... A-t-il de jolis yeux!... et sa main!... vrai, je suis folle de votre main, Sidoine... C'est que, ma parole d'honneur, il mettrait des gants à moi, ce petit vilain-là!...

Il y eut un instant de silence; Lucia, une main de Georgette dans les siennes, dévorait des yeux le faux groom!... et ce dernier, qui avait, de nouveau, baissé les siens, se demandait, dans sa naïveté primitive, à quel propos une aussi belle dame que la maîtresse de son maître pouvait si vivement s'intéresser à un pauvre diable tel que lui!

— Aviez-vous une amoureuse à Pierrefonds, Sidoine? reprit la danseuse.

Georgette sourit.

— Une amoureuse, dit-elle; oh! ma foi! non, madame.

— Ah!... Pourquoi riez-vous?... ma question a l'air de vous étonner... mais, gentil comme vous êtes... Après çà, je sais bien que vous êtes tout jeune... trop jeune... vous avez seize ans, n'est-ce pas?

— Oui, madame, seize ans.

— Eh bien! au fait, tant mieux! si vous n'aimez personne encore, et si personne ne vous aime... parce que...

— Parce que?

— Parce que je veux être votre amie, votre conseillère, entendez-vous, mon enfant, dans ce chemin si difficile et si dangereux des premières amours... M'acceptez-vous pour amie, Sidoine?

Georgette arrêta sur Lucia un regard où la malice commençait à prendre le pas sur la candeur.

— Madame est trop bonne, dit-elle, et je suis bien reconnaissant à madame...

— Reconnaissant! Qu'il est bête! Il ne s'agit pas de reconnaissance ici!... J'exige de la franchise, de l'amitié... voilà tout...

« Seulement, vous comprenez bien, Sidoine, que tout cela doit se passer entre nous... M. le comte trouverait peut-être mauvais que je voulusse... m'occuper de vous... Il faudra donc...

— Ne lui rien dire. Oh! soyez tranquille, madame!

— C'est cela!... Ces messieurs riches, voyez-vous, Sidoine, ne comprennent pas qu'on puisse s'intéresser à un...

— A un domestique... Je conçois... et vous, madame... vous êtes si bonne qu'un pareil motif ne vous arrête pas?

— Tiens! pourquoi m'arrêterait-il? Mon Dieu! l'argent ne m'a pas tourné la tête, allez, mon enfant... Je n'ai pas toujours été ce que je suis... et je ne vois pas pourquoi je ferais tant ma fière, quand, il y a six mois à peine, ma mère était encore...

Lucia s'arrêta. Emportée par un mouvement irréfléchi, elle allait dévoiler les mystères de sa famille; mais il est certains mots qui ont de la peine à passer par les lèvres d'une femme couchée dans des draps de toile de Hollande... quelque libérale que soit cette femme.

Pour sa gouverne, seulement, le lecteur saura que le mot que n'avait pu prononcer Lucia rimait honnêtement avec *fière...* qu'elle avait dit un peu plus haut,

— Enfin!... c'est convenu... vous viendrez me voir de temps en temps, n'est-ce pas, Sidoine?.. sans que personne en sache rien! reprit la danseuse, qui caressait toujours la petite main de son protégé, et nous causerons... nous causerons beaucoup.

— Oui, madame... tant que vous voudrez...

— Et maintenant...

— Et, maintenant, si madame le permet, je vais me sauver, car monsieur peut avoir besoin de moi, et il s'étonnerait peut-être de ma longue absence.

Un soupir de regret s'échappa de la poitrine de Lucia.

Qui sait par quel gage gracieux et tendre elle eût voulu sceller ce nouveau traité d'amitié entre elle et le chérubin en livrée!

— Vous avez raison... il faut partir... murmura-t-elle.

Georgette reprenait son chapeau.

A ce moment, Sophie se glissa dans la chambre à coucher.

— Madame, dit-elle, c'est la personne qui doit me remplacer qui vient d'arriver.

Lucia chercha dans ses souvenirs.

— Ah! oui, Rosalie! Eh bien! qu'elle entre! Je vais m'habiller.

Et, avec un charmant signe de tête :

— Au revoir! à bientôt! fit la danseuse à Georgette.

— A bientôt! répéta la jeune fille.

Et elle sortait de la chambre à coucher.

Mais, comme elle sortait, elle se trouva en face d'une femme qui, à son aspect, poussa un cri de surprise et recula de deux pas...

Cette femme, c'était mademoiselle Rosalie, l'ex-femme de chambre de madame Dodard, venant se mettre à la disposition de sa nouvelle maîtresse, mademoiselle Lucia Rizzi.

Georgette, tout occupée de ce qui venait de se passer entre elle et la danseuse, ne donna qu'une légère attention au cri de mademoiselle Rosalie.

Elle crut que cette demoiselle s'était blessée en marchant...

Et, s'inclinant légèrement devant elle, sans la regarder, elle poursuivit son chemin et disparut.

Mais Lucia avait entendu l'exclamation poussée par sa cam ériste de fraîche date :

— Qu'est-ce donc?. qu'y a-t-il? fit-elle.

Rosalie entra, pâle, effarée, dans la chambre à coucher.

— Pardon, madame, pardon, dit-elle, une circonstance... un hasard extraordinaire...

— En effet, il faut que vous ayez vu quelque chose de bien extraordinaire... car vous voilà toute bouleversée, ma chère... Est-ce qu'on a cassé la pendule de mon salon?... Est-ce que vous avez découvert un homme caché sous un meuble?... Mais parlez, parlez donc!... Vous m'effrayez, à la fin.

Rosalie s'approcha du lit de madame.

— Oh! cela n'a rien d'effrayant... dit-elle, mais... c'est ce petit domestique que je viens de rencontrer... madame le connaît sans doute?...

— Certainement... c'est le groom de M. le comte de Creuzé... Après?...

— Et il se nomme?

— Sidoine... Où voulez-vous en venir?

— Sidoine!... Ah! mon Dieu! c'est cela... c'est bien cela... oui,.. je comprends maintenant... c'est-à-dire... non... je ne comprends pas...

Lucia, qui commençait à s'impatienter, frappa des mains.

— Ah çà! s'écria-t-elle, mademoiselle Rosalie est-ce que

votre monologue va durer longtemps ? ça m'amuse fort peu, je vous en préviens...

Rosalie s'inclina respectueusement.

— Pardon, encore une fois, madame, fit-elle, je vais tout vous dire.

— Ce n'est pas malheureux.

— Tout... tout ce que je voudrai te dire, pensa mademoiselle Rosalie.

Et elle conta, en détails, sa visite de la veille à son ancienne maîtresse :

Et sa rencontre, chez la grosse bourgeoise, avec mademoiselle Georgette, sa remplaçante.

Mademoiselle Georgette qui ne savait pas tenir une aiguille,

Et qui ne portait pas de corset.

Et qui avait les cheveux courts.

Lucia écoutait le récit de Rosalie avec un intérêt assez médiocre.

Mais quand la camériste, achevant le portrait de Sidoine, prononça ces mots :

— Eh bien ! madame, cette demoiselle Georgette, c'était tout le portrait de ce petit garçon que je viens de rencontrer tout à l'heure.

La danseuse dressa l'oreille.

— Tu en es sûre ? fit-elle.

— Oh ! il n'y a pas à s'y tromper, reprit Rosalie ; les mêmes traits, la même taille, la même physionomie, le même accent...

« Et, le plus drôle, c'est que cette demoiselle Georgette là-bas est un homme en femme... il me l'a avoué... sans vouloir m'avouer aussi pourquoi il avait pris ce déguisement...

« Et que je parierais maintenant que ce petit groom qui prend chez vous le nom de Sidoine... Sidoine... le véritable nom de celui de là-bas... il me l'a dit encore... n'est autre que la vraie Georgette.. que M. Sidoine remplace dans la maison de madame Dodard. »

Lucia bondit sur son lit.

— Mais c'est un conte des *Mille et une Nuits* que tout cela ! s'écria-t-elle.

Elle réfléchit une minute ; elle se rappelait le singulier sourire du groom lorsqu'elle lui avait demandé s'il avait une amoureuse à Pierrefonds.

— Et tu dis qu'ils se ressemblent ?

— Comme deux gouttes de lait...

— Mais, reprit la danseuse après une nouvelle minute de réflexion, tu ne m'as pas appris comment t'était venue la confidence de ce M. Sidoine, là-bas.

En parlant ainsi, la danseuse examinait curieusement Rosalie,

Mais Rosalie, qui n'était pas faite d'hier, et qui avait prévu la question et le regard curieux qui l'accompagnerait, demeura indéchiffrable.

— Oh ! c'est tout simple, madame, fit-elle en souriant : il était fort tard, comme j'allais quitter hier au soir la maison de madame Dodard... il pleuvait... il faisait un temps affreux !...

« Madame a dû entendre ?

— Oui ! oui !... je sais qu'il faisait très-vilain hier au soir. Eh bien ?

— Eh bien ! madame Dodard m'avait offert de passer la nuit avec sa femme de chambre...

— Et tu avais accepté ?

— Dame ! jusque-là, je n'avais rien deviné, moi...

« Mais voilà qu'au moment de me déshabiller, mademoiselle Georgette m'arrête en pleurant...

— Ah ! ce fut là le moment de l'aveu ?

— Mais sans doute, madame.

— Oui ! oui... Alors, ce garçon est très-innocent à ce qu'il me paraît.

— Oh ! tout ce qu'il y a de plus innocent !.. Madame peut en juger par sa frayeur à l'idée de partager son lit avec moi...

« Il me supplia de ne rien conter à madame Dodard...

— Cependant, il ne voulut pas t'apprendre dans quel but il s'était déguisé de la sorte ?

— Non, madame.

— De façon que... tout ce que tu viens de me dire... sur ce petit que tu as vu tout à l'heure... n'est qu'une supposition basée sur une ressemblance ?

— Et aussi, madame, sur ces noms de Georgette et de Sidoine qu'ils portent tous les deux...

— C'est juste !

Lucia Rizzi donna, une troisième fois, le champ libre à ses réflexions.

— Et... reprit-elle soudainement, peux-tu le revoir ce M. Sidoine... que tu as laissé là-bas ?...

— Oh ! oui, madame... il m'a promis de me rendre visite ici, à son premier jour de sortie, samedi prochain...

— Ah ! ah ! il ne te déplaît pas, ce me semble, alors, ce petit monsieur ?

— Oh ! madame... il est si drôle !.. si joli !.. et je ne crois pas qu'il soit défendu...

— Comment donc ! Eh bien ! Rosalie, avant de rien décider à l'égard de celui ou celle qui sort de cette chambre, je veux aussi connaître l'autre.

« Tu me l'amèneras samedi, entends-tu, cet innocent... qui pleure quand il s'agit de reposer près d'une aussi belle fille que toi.

« C'est convenu, n'est-ce pas ?

Rosalie se mordit les lèvres.

Elle se repentait maintenant d'en avoir tant dit.

— Dès que c'est agréable à madame, repartit-elle... c'est convenu...

Et il ne fut plus question de nos menechmes entre la maîtresse et la suivante.

Mais, tout en se levant, Lucia se disait :

— Parbleu ! il faut que je sache si ce petit Sidoine de là-bas est vraiment si innocent !...

« Et pourquoi Georgette et lui ont troqué de costumes !...

Et Rosalie grommelait, tout en habillant Lucia :

— Ah bien ! merci ! si nos maîtresses se mettent, à présent, à nous prendre nos amoureux, qu'est-ce qui nous restera donc à nous autres ?

IX

M. Sidoine continue ses études.

Le jour tombait ; sept heures venaient de sonner, et depuis une demi-heure déjà, Georgette attendait Sidoine dans le jardin du Palais-Royal.

Car il était enfin arrivé ce jour, ou plutôt, ce soir, si impatiemment attendu, où la jeune fille, après deux mortelles semaines de séparation, allait revoir son amant !... son mari !... serrer ses mains dans les siennes... le regarder, lui sourire... écouter sa voix... l'entendre lui dire : « Je t'aime ! »

Et Georgette supposait que Sidoine devait avoir tant de : « je t'aime ! » à lui dire, pour rattraper le temps perdu !

Cependant la nuit s'épaississait de plus en plus et Sidonie ne paraissait pas !

Généralement, attendre est un mot qui a pour synonyme : s'ennuyer... Mais quand c'est le bonheur qu'on attend et qu'on ne voit pas venir, de fatigante, la situation tourne au triste : ce n'est plus de l'ennui qu'on éprouve, c'est de la douleur.

Georgette avait déjà compté, l'un après l'autre, tous les arbres dont se compose l'allée où elle se promenait depuis une demi-heure...

Puis le nombre de ses pas d'un bout à l'autre de cette allée.

Des variétés de calculs dont s'avisent les gens qui cherchent à tuer le temps... parce que le temps leur pèse sur le cœur...

Et Sidoine continuait de briller, au rendez-vous, par son absence.

— Ne se souvient-il plus de l'endroit où je lui ai écrit qu'il me trouverait ! se disait la chère petite fille, ou bien ne connaîtrait-il pas ce jardin ? Cependant il m'a répondu qu'il y serait à six heures et demie précises...

« Après cela peut-être son service l'a-t-il retenu chez ses maîtres...

« Si on allait ne pas vouloir lui permettre de sortir ce soir ?

« S'il y avait quelqu'un de malade dans sa maison !

« Et, si c'était lui-même qui fût indisposé !...

Et de suppositions en suppositions Georgette, entraînée dans le pays des chimères, pâlit, sent son cœur battre violemment et ses yeux se remplir de larmes.

Mais, tout à coup, elle pousse une exclamation de joie.

Une femme en petit bonnet, les épaules recouvertes d'un tartan, vient d'entrer dans le jardin, du côté de la rotonde.

C'est lui !... c'est bien lui... oh ! elle ne s'abuse pas !

Une femme qui aime reconnaîtrait son amant, rien qu'à sa tournure, entre mille hommes... cet amant fût-il en femme, en garde national, ou en arlequin.

Et, peu soucieuse de ce que peuvent penser les promeneurs qui voient ce petit groom courir après cette petite fille, Georgette, faisant voler les cailloux sous ses pas, s'élance vers Sidoine.

Avant qu'il ait eu le loisir de l'apercevoir, de la chercher même du regard, elle s'est pendue à son bras, et d'une voix haletante elle murmure :

— Ah ! te voilà ! Mon Dieu ! comme tu as tardé !... je croyais que tu ne viendrais pas ! Mais te voilà ! que je suis heureuse !.. Et toi ! dis... es-tu content de me voir ?... Mais parle donc... tu ne me dis rien !..

M. Sidoine contemplait sa maîtresse d'un air effaré.

D'abord elle lui avait presque fait peur en se précipitant si subitement à son bras.

Ensuite, comme M. Sidoine ne se trouvait pas, pour le moment, près de Georgette, — sous le rapport de la température amoureuse, — au même degré que la jeune fille, il s'étonnait naturellement de ce qu'il n'était pas digne d'apprécier.

Cependant, la première minute donnée à une sorte de stupéfaction, Sidoine, — considérant les jolis yeux de Georgette qui brillaient fixés tendrement sur les siens, — revint à son rôle d'amoureux.

— Allons ! allons ! folie, dit-il, d'un ton auquel la science imprimait déjà son cachet doctoral, allons ! sans doute, je suis content de te voir... Mais ne te serre pas de la sorte contre moi, et laisse-moi te donner le bras au lieu de prendre le mien... car tu conçois que nous devons avoir une drôle de tournure comme ça... le garçon conduit par la fille,

— Bah ! qu'est-ce que cela nous fait ! repartit Georgette, on ne nous regarde pas... d'ailleurs nous ne connaissons pas ce monde-là !

— C'est égal ! c'est égal ! Tiens, asseyons-nous sur ce banc, là-bas... nous causerons plus à notre aise et nous serons plus à l'écart.

Georgette avait ôté son bras de dessous celui de Sidoine, mais, sitôt qu'ils se furent assis, elle s'empressa de reprendre les mains de son amant.

— Que je te regarde donc bien ? dit-elle ; oh ! il me semble qu'il y a des années que je suis éloignée de toi !... Tu es un peu pâlot... est-ce que tu as été malade ?

— Non !... c'est la lumière du gaz qui te fait cet effet-là...

— Et moi... comment me trouves-tu ?

— Pardi ! gentille comme toujours !

— Mais ce costume... tu ne m'avais pas vue encore ainsi.

— Ah ! c'est vrai !... mais comme je le savais... Ah ! ça te va bien !... tu n'es pas gênée là-dedans... la culotte, pourtant, hein ?...

— Et vous, monsieur, vous faites-vous à vos habits de femme ?

— Dame !... faut croire... puisqu'on ne soupçonne rien.

— Et tu n'as pas à te plaindre de tes maîtres ?

— Non ! madame est très-aimable... quant à monsieur.

Sidoine se prit à rire.

— Eh bien ! monsieur, qu'est-ce qu'il a ?

— Eh bien ! je m'imagine qu'il me prend trop pour une femme... lui ! il me lance des mots, des œillades, depuis deux jours...

— Vrai !... ah ! ah ! ah !...

— Mais je n'ai pas peur de lui, tu comprends... et s'il m'as ticotait, je le dirais tout bonnement à madame...

« Et toi... ton monsieur le comte... il continue à être bon.. complaisant ?

— Oh ! moi, je n'ai à me plaindre de rien ! Il n'y a qu'une chose qui m'effraie encore un peu... c'est quand il faut conduire la voiture... oh ! ça... et puis le cheval n'est pas facile.. Mais...

« Tiens !... qu'est-ce que c'est que ça... tu as une bague à présent, Sidoine ?...

Tout en serrant les doigts de son futur, les doigts de Georgette s'étaient arrêtés sur une alliance que ce monsieur portait à l'annulaire... depuis certaine soirée où il était tombé un grand orage sur Paris.

Sidoine, à la question de la jeune fille, s'était empressé de mettre son visage à l'abri de la lumière du gaz pour cacher la rougeur qui y était montée.

— Maladroit ! pensa-t-il, c'était si simple de fourrer cet anneau dans ma poche !

Dans les campagnes, — où on ignore encore la ressource des *cadeaux d'amis*, — une bague au doigt est une affaire importante. Un futur n'a le droit de porter que celle que lui a donnée sa future, une femme, que celle que lui a offerte son mari... et *vice versâ*.

Georgette, émue, considérait le gage d'amour passé à l'annulaire de l'infidèle Sidoine par le nez retroussé de mademoiselle Rosalie.

— Et c'est de l'or ! dit-elle avec un soupir... de l'or pour de vrai !

Pauvre enfant ! ce qui était plus vrai encore, c'était le chagrin, — le premier, le plus poignant ! — le sentiment de jalousie qu'elle ressentait à ce moment, en affectant de paraître seulement curieuse.

M. Sidoine jugea prudent de frapper un grand coup.

— Mon Dieu, repartit-il avec indifférence, j'ignore si c'est de l'or... ou du faux... je n'y ai même pas songé... c'est madame qui m'a donné ça, deux jours après mon entrée chez elle...

— Ah ! c'est madame qui t'a donné cette bague !

— Oui ! c'est l'usage de la maison, à ce qu'il paraît... on donne une bague aux domestiques... pour les... pour les reconnaître...

Sidoine s'embarlificotait.

— Tiens ! pour te prouver que je n'y tiens pas, continua-t-il nonchalamment, la veux-tu, cette machine ? prends-la.

Et il avançait son doigt tendu vers la jeune fille.

— Non !... non !... merci ! repartit-elle, *on ne te reconnaîtrait plus chez toi !*

Sidoine ne répliqua pas ! Il était bien fâché d'avoir dit cela.

Georgette se leva.

— Mais je crois qu'il se fait tard, dit-elle

— Tu crois, repartit Sidoine, avec vivacité.

Comme pour répondre à nos amoureux, une horloge voisine sonna huit heures.

— Huit heures ! reprit Sidoine, ah ! mon Dieu !

— Quoi donc ? dit Georgette, en se retournant vers lui ; tu as affaire quelque part ?

— Mais oui... mais oui... j'oubliais près de toi... madame m'a chargé d'une commission pressée...

— Ah ! pour ton jour de sortie... ce n'est pas trop aimable, ça... De sorte que... en arrivant à sept heures et demie au rendez-vous, au lieu de sept heures, tu ne comptais, encore, demeurer avec moi qu'une demi-heure ?

— Que veux-tu ! ce n'est pas ma faute !... Madame m'a prié... Et puis... tu es singulière, Georgette... tu te levais bien, toi... donc tu avais envie de t'en aller... par conséquent...

— Par conséquent... tu as raison... j'ai envie de m'en aller et de te laisser tranquillement faire ta commission. Au revoir, Sidoine.

Et Georgette s'éloignait.

Sidoine la retint.

— Qu'est-ce que tu as, petite ? lui dit-il ; allons ! tu es fâchée ! avoue-le ?

— Moi, fâchée, et à cause, donc ?

— Ne dis pas non ! Tiens, ta main tremble dans la mienne.

— C'est qu'il ne fait pas encore très-chaud le soir.

— Laisse-moi donc tranquille ! ce n'est pas ça ! Ça te déplaît que j'aie une bague d'abord... et cependant, puisque je consens à te la donner...

— Oh ! mais j'en serais bien désolée, par exemple, moi, de porter votre bague !...

— Vois-tu... tu me dis *vous*... Et puis... tu comptais passer toute la soirée avec moi... et... comme je t'apprends... que ce n'est pas possible... Mais je ne resterai pas longtemps où je vais, entends-tu, Georgette ?... et si tu veux...

Georgette revint brusquement en face de son amant.

— Je veux... je veux... — Jette cette bague dans ce jardin et viens te promener avec moi, dit-elle, voilà ce que je veux... le veux-tu, toi ?

Le premier mouvement de M. Sidoine fut bon. Oh ! il aimait toujours Georgette, allez ! Il tira l'anneau de son doigt...

Il allait le lancer dans l'espace.

Georgette le suivait anxieusement des yeux

Mais entre la coupe et les lèvres, entre la pensée et l'action... il y a un vide... il y a un temps, n'est-ce pas ?

Sidoine employa ce temps à se rappeler Rosalie.

— C'est que... c'est de l'or, pourtant, dit-il, en regardant Georgette... et en serrant la bague entre ses doigts.

« Ce serait dommage de la perdre !...

Georgette tressaillit.

— Au revoir, Sidoine, balbutia-t-elle.

— Georgette ! cria Sidoine, Georgette !... je vais la jeter... je la jette... tiens !...

Mais il ne la jetait toujours pas.

Et Georgette s'éloignait véritablement, cette fois, dévorant ses larmes !

Oh ! comme on lui avait changé son amoureux en quinze jours !...

Et Sidoine demeurait cloué au banc de pierre... se demandant s'il courait après Georgette, ou s'il ne courait pas !

Deux minutes s'écoulèrent, pour ce monsieur, dans cette alternative.

Enfin, il se décida.

La bague reprit sa place à l'annulaire.

Et, murmurant ces mots :

— Ah ! tant pis ! elle était de mauvaise humeur... A notre première sortie, elle aura oublié tout ça.

M. Sidoine, au lieu de suivre le chemin qu'avait pris Georgette, détourna à gauche et se dirigea vers la rue Richelieu... qui le conduisait au boulevard... lequel le menait rue de la Ferme-des-Mathurins... chez mademoiselle Rosalie.

Mademoiselle Rosalie attendait Sidoine dans l'antichambre de l'appartement de Lucia Rizzi.

Mais Lucia Rizzi attendait également Sidoine... dans son boudoir.

Comme notre Faublas rustique, à l'aspect de celle qui lui avait donné de si savantes leçons de couture, s'apprêtait, dans sa vive reconnaissance, à lui offrir un baiser, Rosalie, le repoussant brusquement, en posant un doigt sur ses lèvres, lui dit à voix basse :

— Chut ! il s'agit bien de cela !... écoutez-moi ! Ma maîtresse désire vous voir... elle sait ce que vous m'avez appris... que vous n'êtes pas une fille !

— Ah bah !

— Elle sait plus encore... et ce que vous ne m'aviez pas appris, vous !... elle sait que vous avez à Paris une parente, une sœur, une... amoureuse... dont vous avez pris la place chez madame Dodard et qui a pris la vôtre chez M. le comte de Creuzé !...

« Qu'est-ce que c'est au juste, pour vous, que mademoiselle Georgette, hein, monsieur le cachotier ? »

Sidoine, atterré par la révélation, à brûle-pourpoint, de la camériste, n'eut même pas la force, cette fois, de répondre son : « ah ! bah ! »

— Enfin, nous tirerons cela au clair, poursuivit Rosalie.

« Le plus pressé à cette heure, le voici :

« Vous allez entrer tout de suite près de ma maîtresse.

« J'ai mes raisons pour qu'elle ne s'aperçoive pas que j'ai causé avec vous avant de vous présenter à elle.

« Vous lui expliquerez votre déguisement et celui de votre demoiselle Georgette comme vous l'entendrez.

« Mais vous aurez soin... bien soin, vous me comprenez, de de ne pas lui dire... de quelle façon... nous... nous avons passé la nuit ensemble chez madame Dodard.

« C'est entendu, n'est-ce pas ?

— Oui, oui... c'est entendu, mademoiselle, répéta Sidoine.

— Vous me le jurez ?

— Je vous le jure !

— Il suffit. Et vous me promettez encore... _

Ici un coup de sonnette, qui partait du boudoir, interrompit la femme de chambre.

Elle frappa énergiquement du pied.

— Bon !... c'est cela, fit-elle, on a entendu fermer la porte... on présume que vous êtes là et on s'impatiente...

« Bref, vous me promettez, Sidoine, que quelque jolie que vous semble madame, quelque aimable qu'elle se montre avec vous... vous serez sage près d'elle... bien sage ?...

Sidoine regarda Rosalie d'un air hébété...

— Je vous promets... tout ce que vous voudrez... dit-il.

— Bon ! au reste, je le saurai, souvenez-vous-en, et si...

Nouveau coup de sonnette.

— Mais, Georgette... comment savez-vous ! comment a-t-on su ?...

— Il est bien question de votre Georgette... allons ! suivez-moi... Ah ! l'on s'impatiente décidément, à ce qu'il paraît !

Et, poussant devant elle Sidoine, qui avait presque peur au milieu de tous ces mystères, mademoiselle Rosalie arriva au boudoir de la danseuse.

Lucia Rizzi avait, en effet, entendu le bruit, — quelque amorti qu'il eût été par les soins de Rosalie, — de l'entrée de Sidoine.

Et, comme Lucia Rizzi n'aimait pas que ses femmes de chambre eussent plus de talent et d'esprit qu'elle ne voulait, elle sonnait depuis deux minutes pour arrêter dans son cours la petite scène préparatoire qu'elle supposait, à raison, se passer alors dans son antichambre.

Cependant, à la vue de Rosalie et de Sidoine, toute trace de mauvaise humeur disparut des traits de Lucia.

Je suppose que Sidoine fut pour plus que Rosalie dans la cause de cet acte de modération de la danseuse.

L'œil attaché sur la fausse paysanne, Lucia demeura d'abord comme pétrifiée par la surprise et l'admiration.

Oh ! Rosalie ne l'avait pas trompée !... Le groom ou la servante, Georgette ou Sidoine, Sidoine ou Georgette, c'était bien le même visage, la même taille, la même physionomie.

Ce qu'il y avait de plus étrange, c'est que Sidoine en Georgette plaisait infiniment mieux à Lucia que Georgette en Sidoine.

Comme cela tombait bien, vraiment !

Rosalie, qui lisait dans les yeux de sa maîtresse l'impression produite sur celle-ci par son inspection détaillée de

Sidoine, Rosalie s'empressa de prendre la parole, espérant faire ainsi diversion à de trop vagabondes pensées :

— Eh bien ! madame, dit-elle, n'est-il pas vrai que cette ressemblance est singulière ?

— Fort singulière, répéta Lucia, sans abandonner Sidoine du regard.

— Mademoiselle... ou plutôt monsieur, arrivait comme madame sonnait pour la seconde fois... c'est pour cela que...

— Oui ! oui ! interrompit Lucia d'un ton qui signifiait : « Ne mens point ; c'est peine perdue. »

— Et si madame le désire maintenant, reprit Rosalie, un peu déconcertée, je vais interroger monsieur devant elle et...

D'un geste, la danseuse imposa silence à sa camériste.

— Asseyez-vous, mon enfant, dit-elle, d'une voix de velours, à Sidoine, demeuré immobile et rouge comme un coq, en butte ainsi, depuis quelques instants, à la curiosité de cette belle dame.

« Et ne vous effrayez pas ! nous ne voulons... ni vous faire de mal... ni affliger les personnes que vous pouvez aimer... mademoiselle Georgette, par exemple, hein ?

Sidoine tourna du rouge au blanc.

C'était donc vrai : son secret, celui de sa chère Georgette, étaient au pouvoir d'étrangers !

— Madame ! madame ! balbutia-t-il.

— C'est bien !... c'est bien !... attendez ! Nous allons causer à notre aise, reprit Lucia... et, je vous le répète, ne craignez rien.

« Mais auparavant..

« Tiens, Rosalie. »

La danseuse avait pris sur la cheminée une lettre qu'elle venait d'écrire.

— Voici un mot que tu vas porter chez madame Marie Duroncel... tu sais, cette petite blonde que tu as vue avant-hier ici ; je l'invite à souper pour ce soir. Cours et rapporte-moi sa réponse... tu arriveras encore à temps pour dire bonsoir à M. Sidoine.

Rosalie se mordit les lèvres.

Le tour était des plus simples, et néanmoins elle ne s'y était pas préparée. On l'éloignait pour rester seule avec le joli petit paysan.

Elle jeta les yeux sur la suscription du billet :

Rue de Rivoli...

On l'envoyait rue de Rivoli ! une course d'une heure, pour le moins ! oh ! l'on savait bien ce que l'on faisait.

— Eh bien ! reprit Lucia, en se tournant vers la femme de chambre.

Rosalie éprouva l'envie furieuse de répondre :

— Eh bien ! je n'y vais point, à *votre* rue de Rivoli.

La jalousie, la colère, l'amour-propre froissé font répondre souvent de si grosses sottises !... aux femmes de chambre comme aux lorettes, voire même aux grandes dames, peut-être.

Et puis, toute rivalité réelle comporte l'égalité ; et l'Évangile, seul, dans sa vertu surhumaine, nie que Pierre ait le droit de rendre à Paul le soufflet qu'il en a reçu.

Cependant, au moment de casser les vitres, mademoiselle Rosalie, rappelée à elle par la voix de l'intérêt, réfléchit et s'arrêta.

C'était sa place, — et une excellente place, elle l'espérait — qu'elle allait jouer contre un mot !

Elle rengaîna son mot, salua madame, ne salua point Sidoine, — on s'en prend toujours un peu, malgré soi, à son amour, quand il vous fait souffrir; — puis elle sortit du boudoir en disant :

— Je pars tout de suite, madame.

Et, d'un bond, elle se trouva dans l'antichambre,

En moins de temps qu'il ne nous en faut pour écrire ces deux lignes, elle mit un bonnet et un châle.

Puis elle descendit quatre à quatre l'escalier.

Un remise passait dans la rue, elle l'appela.

— Ah! madame! se disait-elle, assise tout comme une bourgeoise ou une lorette, au fond de la voiture qui s'éloignait au grand trot, ah! madame, vous voulez absolument me voler mes amours!...

« Eh bien! c'est ce que nous verrons! J'ai encore quarante sous dans ma poche, — et ils vous coûteront quatre francs, à vous, ces quarante sous-là, — pour prendre une voiture!... Gardez mon petit Sidoine, je vous réponds que je serai de retour assez à temps entre vous et lui pour interrompre votre conversation à son point le plus intéressant.

Mais, projets de vengeances et de jalousie, projets de sagesse, projets d'amour, projets de travail, autant en brise le destin!

Le remise qui emportait Rosalie fut obligé de s'arrêter cinq minutes rue Richelieu, empêché par un embarras de voitures.

Au coin de la rue Saint-Honoré, nouvel embarras, nouveau retard.

L'infortunée cameriste pestait, grinçait des dents, pleurait de rage... le tout en pure perte.

Au domicile de madame Marie Duroncel ce fut un genre différent, mais non moins pénible, de tortures pour Rosalie.

D'abord, madame Marie Duroncel ne permit à la cameriste de pénétrer jusqu'à elle qu'au bout d'un petit quart d'heure d'attente...

Un autre petit quart d'heure s'écoula pour cette dame à lire la lettre de son amie. — Il y a beaucoup de lorettes qui lisent difficilement les lettres de leurs amis ou amies. Mais les amies et amis écrivent, en général, si mal!

Un troisième petit quart d'heure fut employé ensuite par madame Marie Duroncel à se demander si elle répondrait verbalement, ou par écrit, à Lucia Rizzi.

Ce dernier moyen préféré, au grand désespoir de Rosalie, vingt-cinq minutes au moins se consumèrent à rédiger l'épitre.

Rosalie se rongeait les ongles au vif.

Mais il n'y avait pas à essayer seulement de froncer le sourcil, là!...

Enfin, quand la malheureuse soubrette, de retour à la rue de la Ferme-des-Mathurins, solda son cocher, ce ne fut pas quarante sous qu'elle eut à lui octroyer pour une course qu'elle avait limitée, dans son espoir, à vingt minutes!... Ce fut trois francs... trois beaux francs, plus le pourboire, pour une heure et demie de location!

La mort dans l'âme, Rosalie grimpa néanmoins prestement chez elle.

Elle traversa, comme un éclair, l'antichambre, le salon, la salle à manger...

Elle se précipita dans le boudoir

Madame était seule!

Madame, étendue sur une causeuse, lisait tranquillement un roman.

— Ah! te voilà, Rosalie, dit-elle en levant avec noncha-

lance la tête, à l'apparition de sa suivante... Tu es restée trop longtemps dehors, ma chère... il se faisait tard... ce petit est parti...

« Oui, mon Dieu! il vient de s'éloigner à la minute.

« Mais il reviendra te voir, entends-tu... dans une quinzaine... je le lui ai ordonné.

« Eh bien! il est gentil! ce garçon... il m'a conté toute son histoire et celle de sa Georgette... et je lui ai promis de garder leur secret, à ces pauvres enfants.

« C'est égal, il est un peu nigaud, ce cher Sidoine!.. Es-tu de mon avis, toi, qui as causé avec lui aussi? »

Rosalie sourit malignement.

— Dame!... pour un paysan!... dit-elle, il m'a semblé, au contraire... assez dégourdi... Après cela, madame est meilleur juge que moi à ce sujet... et s'il a ennuyé madame...

— Ennuyé, non! mais!...

Lucia se coucha tout de son long sur la causeuse.

— Je te conterai cela, continua-t-elle. Mais tiens, — et elle bâilla, — en attendant que Marie Duroncel arrive, je vais reposer un peu... je me sens fatiguée... Emporte la lumière... c'est cela...

Rosalie prit la lampe qui éclairait le boudoir.

Et, tout en s'éloignant, jetant un coup d'œil amer sur le visage, moins rosé que de coutume, de sa maîtresse :

— Allons! murmura-t-elle, c'est vrai! je suis revenue trop tard!...

« Je ne sais pas ce qu'elle me contera ou ne me contera pas!...

« Mais, à coup sûr, il ne faut pas que Sidoine se soit montré si nigaud pour lui avoir donné une telle envie de dormir en une heure et demie de conversation!

X

Georgette et Christian Muller.

Georgette avait passé une nuit cruelle, à la suite de son entrevue avec Sidoine au Palais-Royal. Pendant sept heures d'insomnie, l'histoire de cette méchante bague trouvée par elle au doigt de son amant s'était, chapitre à chapitre, déroulée dans le cerveau de la jeune fille, et Dieu sait si ces chapitres étaient tristes! Dieu sait s'ils étaient longs!

Au point du jour, pourtant, le calme de la raison vint apaiser un peu les chagrins de Georgette. Un rayon de soleil se glissait, à travers les persiennes, dans la modeste chambre de la pauvre enfant... elle lui sourit comme à une caresse d'ami... Cher soleil! il devait la connaître... elle lui avait tant de fois adressé un joyeux salut, là-bas, à Pierrefonds, le matin, en se levant pour aller mener paître sa chèvre Djali! Du sourire au bonheur il n'y a qu'un pas. Tout en regardant son rayon de soleil, Georgette se prit à se dire qu'elle avait peut-être tort de se désoler, d'accuser Sidoine d'infidélité et d'ingratitude... que ses soupçons, à propos de l'anneau d'or, pouvaient être mal fondés... qu'elle était aimée, enfin, toujours aimée autant qu'elle aimait!

Et bientôt, fermant ses paupières, Georgette trouva, dans

.Tout en posant, George te songe il à Sidoine. (Page 35.)

le repos, le remède à tous les maux, le consolateur de toutes les larmes : l'oubli.

Quand elle se réveilla, l'histoire de la bague n'était plus qu'un conte pour la jeune fille... un conte dont le souvenir la tourmentait encore un brin, il est vrai, mais qui ne l'effrayait plus.

Elle se leva et descendit à son ouvrage.

Et, tout le jour, et toute la soirée qui le suivit, si Georgette laissa parfois s'échapper un soupir de sa poitrine en songeant à Sidoine, ce fut plutôt vers l'avenir que vers le passé que ce soupir s'envola.

Ah ! l'on pardonne si bien et si vite quand on est jeune et quand on aime !

Au reste, une circonstance espérée de Georgette devait bientôt militer, dans son âme, en faveur de Sidoine. Trois jours après, — le jeudi, un des jours du frotteur chez M. le comte de Creuzé, — le brave Jacques Ridelle remettait à la jeune fille une lettre de son amoureux.

Nous ferons grâce, cette fois, au lecteur, de l'orthographe privée des insulaires de Pierrefonds.

« Ma bonne Georgette.

« Je n'ai pas été gentil avec toi samedi dernier, et j'en
« suis bien repentant, va ! Mais je te revaudrai ça, je te le
« jure, à notre première entrevue. Pour commencer, j'ai
« rendu à Madame la bague qui t'avait si fort déplu... tu
« pourras désormais me serrer les doigts sans risquer d'y
« écorcher ton cher cœur. Ne m'en veuille donc plus, tra-
« vaille bien et à bientôt. Je n'aime que toi et je n'aimerai
« jamais que toi.

« Ton Sidoine. »

Comme on le voit, si notre drôle gagnait assez vaillamment ses chevrons dans le métier de galant, du moins la gloire ne lui avait pas encore complètement tourné la tête... et si, de plus qu'autrefois il savait mentir... comme autrefois encore il savait aimer.

Après avoir lu et baisé, et relu et rebaisé son billet, Georgette répondit trois pages à Sidoine.

Trois pages de pardons, de promesses, de tendresses et de douces folies.

Et sans un seul pauvre petit mensonge, celles-là !

Ah ! Georgette était bien moins savante que M. Sidoine, aussi !

Puis la jeune fille porta sa lettre à Jacques Ridelle, qui avait eu la patience de l'attendre près d'une heure.

Et, ravie de ce que Sidoine lui avait écrit, heureuse de ce qu'elle lui avait répondu, Georgette, sonnée à ce moment par son maître, se rendit à cet appel en dansant, en courant et en chantant...

En chantant, en courant et en dansant si bien, que lorsqu'elle entra dans la pièce où se trouvait le comte Adalbert de Creuzé, elle ne se souvint plus qu'elle était un domestique... un groom... un être appartenant à un autre être...

Et qu'elle cria si gaîment :

— Me voilà, monsieur, me voilà !

Que le comte, qui fumait, le dos tourné à la porte, se retourna tout étonné...

Et qu'un jeune homme, qui se tenait alors près du comte, se leva, de son côté, et se prit à examiner curieusement le visage du petit lutin qui avait une manière si joyeuse de s'annoncer.

Suivez-moi donc. (Page 38.)

Cependant Georgette s'était arrêtée sur le seuil, confuse et rougissante.

— Qu'est-ce donc, monsieur Sidoine ? fit le comte, d'un ton presque sévère, pourquoi cet accès de joie, s'il vous plaît ?

— Ne le grondez pas, je vous prie, Adalbert, dit tout bas le compagnon du comte ; ce pauvre petit était en train de rire... il ne faut pas le faire pleurer.

— Approche, Sidoine, reprit Adalbert de sa douce voix accoutumée.

Georgette s'avança vers les deux hommes, en tremblant.

— Voici M. Christian Muller, poursuivit le comte, un, artiste de talent et mon ami, qui a trouvé originale ta petite tête et désire la mettre dans un de ses tableaux. J'espère que tu me feras le plaisir de ne pas le refuser. Va attendre monsieur à l'antichambre ; quand il partira, tu le suivras.

Georgette s'inclina et sortit.

Elle eût pu demander pourquoi ce M. Christian se permettait de trouver *sa petite tête originale* et de vouloir la mettre dans un tableau. Mais M. le comte avait commandé... Georgette ne savait qu'obéir.

Cependant, par quel hasard M. Christian Muller s'était-il senti ainsi la fantaisie de prendre pour modèle le groom de son ami M. le comte Adalbert de Creuzé ! Nous allons vous l'apprendre.

M. Christian, — qui était un fort joli garçon de vingt-cinq ans et un peintre d'avenir, — outre l'amitié que lui portait le comte, possédait encore un bien qui ne manquait pas de charmes : la tendresse de la *comtesse*, — par à peu près, — mademoiselle Lucia Rizzi.

Autrement dit, Christian était *l'amant de cœur* de la danseuse.

On a tant de fois donné la définition de ce titre bizarre : amant de cœur, que nous croyons inutile d'en gratifier de nouveau ici le lecteur.

Néanmoins, pour ceux qui ne seraient pas très au courant de ce genre d'argot sentimental, résumons en deux mots le sens de la qualification susdite.

L'amant de cœur est l'homme que toute femme galante se plaît à aimer parce qu'il ne la paie pas pour cela.

Or, étant donné : une danseuse entretenue par un comte, et ayant un amant de cœur, qu'obtient-on pour résultat ? Une confidente.

Dès le lendemain de son installation chez Lucia Rizzi, mademoiselle Rosalie avait nécessairement pris l'emploi en question.

C'était dans l'ordre naturel des choses chez les lorettes.

Et de tout cela il était advenu ceci :

Que mademoiselle Rosalie, qui tenait à se venger du tour que lui avait joué sa maîtresse, — en se fatiguant trop à causer avec Sidoine, tandis qu'elle l'envoyait, elle, porter une lettre rue de Rivoli... — avait trouvé fort amusant, pour arriver à son but, non pas de s'adresser à l'amant payant... — une femme de chambre qui se respecte ne compromet jamais sa maîtresse, — mais de se livrer, — un matin que madame était au bain, — à cette édifiante conversation avec l'amant de cœur :

— Monsieur Christian, si vous me promettiez de ne pas le dire à madame, je vous conterais bien quelque chose que j'ai découvert.

— Bah ! quoi donc ?

— Mais vous me jurez que madame n'en saura rien ?

— Je te le jure.

— Eh bien! Oh! c'est que cela paraît si extraordinaire! vous n'allez pas me croire.

— Au contraire! plus cela sera extraordinaire, plus j'y croirai.

— Eh bien!... vous connaissez Sidoine, le petit groom de M. le comte?

— Je t'avoue que j'ignorais qu'il s'appelât Sidoine... mais je le connais, et j'ai même remarqué qu'il est fort gentil... Après?... Est-ce qu'il me supplante près de Lucia?

— Oh bien! oui! au contraire!... J'ai découvert que ce petit garçon est une petite fille.

— Hein!... tu es toquée, ma chère Rosalie! Une fille en garçon au service du comte... à quel propos?... Alors ce serait donc Lucia qu'on supplanterait?

— Pas davantage! M. de Creuzé ne sait pas plus que madame ce qu'il en est.

— Et tu le sais, toi?...

— J'en mettrais ma main au feu.

— Et comment l'as-tu appris?

— C'est mon secret.

— Et pourquoi ne l'as-tu confié ni à madame ni à monsieur?

— C'est mon secret.

— Et pourquoi me le confies-tu, à moi?

— C'est mon secret.

— Diable! voilà un secret bien opiniâtre et bien enraciné!

« Tout ceci pique ma curiosité... Et si je m'assure par moi-même que tu ne te trompes pas... sur le compte de M. Sidoine... cela entre-t-il dans tes vues?

— A merveille! à condition que vous me promettrez encore que, d'abord, vous n'apprendrez point à la petite fille d'où vous vient votre science.

« Et, ensuite, que, dans le cas où madame et monsieur viendraient à découvrir quelque chose, vous demeurerez également près d'eux bouche close à mon endroit?

— Je te le promets.

Là-dessus Christian Muller mit un louis dans la main de Rosalie, qui s'en alla radieuse d'avoir si bien débuté dans son œuvre de vengeance.

Nous avons vu ce à quoi avait abouti déjà cette conversation de l'amant de cœur et de la soubrette.

Nous allons voir comment cette aventure, — où notre pauvre Georgette se trouvait en jeu, — allait se terminer.

Christian venait de prendre congé d'Adalbert de Creuzé, en prononçant ces mots:

— Surtout, cher ami, ne parlez pas à Lucia de ma fantaisie de faire une esquisse de votre joli groom... c'est une surprise que je veux lui ménager quand elle visitera mon atelier.

Quoique l'artiste ne pût supposer que sa maîtresse soupçonnât la vérité sur le faux petit garçon, néanmoins, par prudence, il tenait à se mettre en garde contre sa défiance, sinon sa jalousie.

— Venez-vous, mon ami, dit-il à Georgette qui l'attendait dans l'antichambre.

— Je vous suis, monsieur, repartit la jeune fille, vaguement inquiète des allures du peintre.

L'atelier de Christian Muller était situé rue de Navarin.

En arrivant chez lui avec Georgette, le premier soin de Christian fut de fermer sa porte à double tour, pour n'être point troublé par quelque visite importune.

Georgette, de plus en plus mal à son aise en face de ce désor-

dre, — qui constitue, en quelque sorte, un atelier de peintre, — qu'elle voyait pour la première fois de sa vie : tableaux, statues, armes, tapis et le reste... Georgette, entendant M. Christian s'enfermer avec elle, poussa un cri de terreur.

L'artiste sourit.

— Rassurez-vous, mon enfant, dit-il en lui avançant une chaise, je ne veux point vous faire de mal, et si je tiens à ce que nous soyons seuls... c'est pour causer d'abord, et pour peindre ensuite plus à notre aise.

Georgette était tombée sur la chaise.

Et Christian la considérait, en silence, en murmurant :

— Oui certes, c'est une femme!... et une femme charmante! Mais dans quelle intention s'est-elle déguisée ainsi, oh! je le saurai!

Il reprit tout haut :

— Mon cher Sidoine, voici ce que je réclame de vous... en ami... en véritable ami, entendez-vous! Oh! les artistes n'ont pas le temps de jouer à la fierté, mon enfant... et devant tout ce qui est gracieux ou beau ils s'inclinent, sans demander si cette beauté ou cette grâce possède des quartiers de noblesse.

« Or vous avez une charmante figure, Sidoine... une figure toute féminine, même, on a dû vous le dire quelquefois...

« Je désirerais donc que vous consentissiez à revêtir pour une ou deux heures, de temps en temps, un costume de paysanne bretonne que j'ai là.

« Cela vous fatiguera peu et cela me sera utile.

« Personne ne le saura que quand le tableau sera achevé.

« Et, d'ailleurs, je saurai vous récompenser dignement de l'ennui que je vous ai causé.

Georgette avait écouté l'artiste dans une angoisse profonde ; ses traits charmants s'étaient animés des vives teintes de la pourpre.

— En femme! moi! monsieur! balbutia-t-elle, vous voulez que je me mette en femme! mais je ne saurais pas!...

— Vraiment! repartit l'artiste, en secouant finement la tête.

Dans ce mouvement de tête, dans ce : « vraiment! » Georgette comprit que Christian savait tout.

Sa résolution fut prise aussitôt.

Elle se leva vivement et allant à lui :

— Vous avez deviné ce que je suis, monsieur, lui dit-elle, je le vois.

« Eh bien! oui, je suis une femme; mais je ne puis, je ne veux pas vous apprendre pourquoi j'ai pris le déguisement que je porte.

« Libre à vous d'aller tout révéler à mon maître.

« Demain, ce soir, je quitterai sa maison... et tout sera dit.

« Adieu, monsieur.

Et Georgette fit un pas vers la porte. Christian la retint par la main.

— Eh! qui vous parle de vous chagriner, mon enfant! dit-il, qui vous parle de vous demander pourquoi de fille vous vous êtes faite garçon!

« Mais je ne tiens pas plus à connaître votre secret, si vous voulez si fort le garder, que je n'ai envie de vous trahir près de votre maître.

« Ce que j'attends de vous, c'est un service...

« Que voyez-vous donc de si effrayant là-dedans!

« Allons, ne tremblez pas ainsi... Sidoine... non, pas Sidoine... vous ne pouvez plus vous appeler ainsi pour moi.

— Georgette monsieur.

— Eh bien ! Georgette, soyez raisonnable. Je vais vous laisser seule... vous trouverez derrière cette tapisserie, dans une armoire, les vêtements dont je vous ai parlé...

« Quand vous vous serez habillée, vous tirerez cette sonnette, tenez... qui correspond à mon appartement.

« Je reviendrai... je travaillerai... '

« Et dans trois... dans six jours, au plus... je vous rendrai votre liberté tout entière, en ne me souvenant que d'une chose : que vous aurez été pour moi une bonne et aimable fille... aussi aimable et bonne que jolie... que je ne devrai jamais saluer, cependant, lorsque je la rencontrerai, que comme un charmant garçon.

« Acceptez-vous ?

Georgette hésita encore. Mais Christian avait l'air si bon si loyal !...

— Allez-vous-en alors, fit-elle en souriant.

— Merci, repartit l'artiste avec effusion.

Et il sortit. . . . .

. . . .

Quatre séances avaient été données par Georgette à Christian Muller.

Le portrait de la jeune fille, en paysanne bretonne, commençait à prendre tournure.

C'était un admirable tableau, devant lequel l'artiste s'arrêtait parfois, fier et amoureux de son œuvre... devant lequel Georgette, fière aussi, instinctivement, d'avoir pu inspirer une si délicieuse chose, se souriait à elle-même, quand on ne la voyait pas.

Au reste, dans ces huit ou dix heures déjà passées en tête-à-tête par Christian et Georgette, pas une minute, pas une seconde de trouble ou de contrariété !

Tout en posant, Georgette songeait à Sidoine.

Ou bien elle contait au peintre de petites légendes de son pays.

Elle lui chantait des chansons, des noëls.

Et Christian n'osait pas effleurer du bout du doigt, de l'extrémité d'une phrase, de la pointe d'un regard trop vif, cette candeur, cette placidité, cette innocence qui se confiaient à lui.

Les artistes apprécient, à sa juste valeur, tout ce qui est beau et bon, — ils ne seraient pas artistes sans cela. — Or, Georgette, nous l'avouons, plaisait infiniment à Christian ; il s'était même attendu, en la faisant venir chez lui, à quelque amoureuse aventure...

Mais le respect qu'elle lui inspirait était plus puissant sur lui que le désir.

Et c'est parce qu'il sentait qu'elle ne l'aimait pas, lui, et qu'elle en aimait un autre, qu'il n'osait jamais lui dire un mot d'amour !

Du respect ! De la crainte auprès d'une paysanne ! d'une domestique ! vont s'écrier quelques railleurs.

Pourquoi non ?... C'est l'avantage, messieurs, de certaines pauvres filles, sur certaines grandes dames, de passer plus honorables et plus honorées dans la vie... celles-ci avec des fleurs des champs dans les cheveux pour toute parure, que celles-là vec des diamants aux oreilles, au cou, aux bras, aux doigts... partout où l'on peut accrocher des diamants, enfin !

Donc Christian se comportait d'une manière très-convenable à l'égard de Georgette.

Cependant, — comme l'homme le plus fort a son moment

de faiblesse, — un jour, — celui de la cinquième séance, — voilà que notre artiste s'avisa de s'oublier.

Il achevait de donner la dernière touche aux yeux de Georgette... ces grands yeux bleus si tendres et si éveillés en même temps...

Emporté par l'imagination, il laissa tomber ses pinceaux.

Et il se prit à contempler, non plus en peintre, mais en homme.

Georgette s'imagina d'abord que c'était un genre particulier d'étude auquel se livrait alors M. Christian.

Elle ne bougea pas.

Mais bientôt, interdite, gênée par la fixité de ce regard attaché sur elle, elle s'écria :

— Eh bien ! monsieur, vous ne travaillez plus ! à quoi pensez-vous donc ?

— A quoi je pense ? répéta Christian.

Il se leva et marcha vers elle.

— Georgette, murmura-t-il, je pense que tu es jolie, oh ! jolie à adorer à deux genoux !.. Je pense...

La jeune fille n'en entendit pas davantage.

Elle s'était levée à son tour, et pâle, les yeux pleins de larmes :

— Oh ! monsieur, fit-elle, est-ce donc là ce que vous m'aviez promis ?

« Laissez-moi, monsieur ; je veux me déshabiller et partir.

« Et je ne reviendrai plus. »

Christian tressaillit.

Il voulut prendre la main de Georgette... mais elle le repoussa vivement.

— Je veux partir, répétait-elle, laissez-moi.

Christian restait muet, immobile... mais son regard étincelait toujours... sa poitrine était oppressée.

Un violent combat se livrait en lui entre la folie et la raison.

Enfin la raison l'emporta.

— Allons, j'ai eu tort, dit-il... Tu peux partir, Georgette, ce sera ma punition. Oh ! mais tu reviendras, n'est-ce pas ? ajouta-t-il, d'un ton suppliant ; tu me le promets ?

— Je vous le promets, répondit-elle.

Il s'élança hors de l'atelier.

Quand il remonta, vingt minutes après, Georgette avait disparu.

Mais, sur la chaise qu'elle avait occupée, Christian trouva un papier qui contenait ces deux lignes au crayon.

« Adieu, monsieur, je n'ai pas osé vous refuser de revenir ; « et cependant vous ne me reverrez plus. Vous m'avez fait « trop peur aujourd'hui. Adieu. »

. . . .

Christian brisa sa palette.

Il déchira le billet...

Une expression de colère assombrit son visage.

Mais, tout à coup, poussant un éclat de rire :

— Qu'est-ce ? s'écria-t-il, ne vais-je pas faire du drame avec cette enfant ! Je l'ai effarouchée comme un sot... elle s'est enfuie et elle a eu raison.

Il se laissa tomber assis en face de son tableau.

— C'est dommage, pourtant, soupira-t-il, j'aurais eu encore un peu besoin d'elle...

« N'importe... cette toile sera mon chef-d'œuvre...

— Comme le portrait de la Fornarine a été le chef-d'œuvre de Raphaël, n'est-ce pas ?

— Hein ? quoi ?

Christian se retourna surpris.

Derrière lui, entrée en *catimini*, comme une chatte, par la porte entr'ouverte, se tenait Lucia Rizzi.

Lucia Rizzi, qui examinait aussi le tableau de son amant.

Et qui souriait comme lui... mais de rage, de jalousie, de haine.

Lucia Rizzi, qui savait tout... instruite confidentiellement par l'astucieuse Rosalie.

Christian lut dans les yeux de sa maîtresse que ce serait en pure perte qu'il essaierait de lui mentir.

— Eh bien ! oui, dit-il, ma chère Lucia, je me suis amusé à peindre ce... cette petite fille.

— Ah ! vous savez donc que c'est une petite fille ?

— Vous le savez bien, vous ? Mais je vous atteste que ç'a été en tout bien, tout honneur.

Lucia haussa dédaigneusement les épaules.

— Taisez-vous donc ! fit-elle.

« Ah ! cette demoiselle est fort intéressante, décidément... elle se déguise en groom pour servir le comte, et elle daigne revenir à son état naturel pour poser chez vous !...

« C'est fort comique, ma parole d'honneur !

« Mais... nous mettrons bon ordre à cette plaisanterie, et demain...

— Demain ou jamais, madame, si vous commettez la lâcheté de causer le moindre chagrin à cette enfant en la perdant près du comte...

« Tout sera fini entre nous, je vous le jure !

A ces mots, prononcés d'un accent solennel, par son amant, Lucia frissonna des pieds à la tête...

Elle adorait Christian.

— Allons ! que tu es fou, mon ami, dit-elle, en entourant le jeune homme de ses bras ; ne crois-tu pas que je suppose véritablement que tu aies voulu courtiser cette petite domestique...

« J'ai plaisanté, voilà tout !

« Sois tranquille, puisque tu y tiens, je ne dirai rien au comte.

« Non, non, je ne dirai rien, répéta-t-elle en appuyant sur le mot : « dirai. »

« Mais je lui écrirai quelque chose, ajouta-t-elle mentalement.

XI

Ce qui peut résulter pour une femme mariée de la lecture de Faublas.

Ainsi, voilà M. Sidoine qui, au début de sa carrière galante, avait, comme coup d'essai, exécuté deux véritables coups de maître !

Une femme de chambre et une danseuse ! c'est-à-dire, — selon les experts en pareille matière, — deux des plus rudes joûteuses en amour ! L'une, parce que l'expérience lui a beau-coup appris, l'autre parce que la nature lui a beaucoup donné.

Tudieu ! M. Sidoine avait le droit d'être fier. Et il l'était énormément, je vous le certifie... et il ne regrettait plus d'être venu à Paris... et surtout il s'applaudissait fort de la bienheureuse idée de Géorgette de l'avoir affublé de ce costume féminin grâce auquel, en quinze jours, il avait rencontré deux si charmantes aventures.

En quinze jours ! qu'est-ce que le sort lui réservait donc en six mois ?

Toutefois, depuis son entrevue avec mademoiselle Lucia, — tandis que la pauvre Rosalie portait une lettre rue de Rivoli, — Sidoine, nonobstant les jouissances d'un juste orgueil, ne s'amusait que médiocrement.

Une semaine s'était écoulée depuis sa dernière victoire, et, durant cette semaine, il avait fallu reprendre le collier de misère.

Un instant, Sidoine, bercé par le plaisir, s'était cru libre... Sous le joug de la nécessité il redevenait esclave.

Pour adoucir, autant que possible, ses regrets, il écrivait bien à Georgette... sa chère Georgette, qu'il aimait d'autant plus, maintenant, qu'il se trouvait plus habile à aimer...

Pour entretenir doucement ses souvenirs, il se plaisait encore, — loup dans la bergerie, — le plus souvent et le plus longtemps qu'il lui était permis, à rôder autour de certaine brebis sous la forme de madame Dodard, qui, si elle ne possédait ni la jeunesse de la biche Rosalie, ni la fougue de la tigresse Lucia, avait pourtant son petit mérite... surtout pour un loup aussi jeune que l'était Sidoine.

Mais, en dépit de ces légères distractions, dues à l'amour et au hasard, — et doublées, de temps à autre, d'un billet des plus tendres de mademoiselle Rosalie, — qui n'avait pas renoncé à ses droits sur lui, — Sidoine, nous le répétons, s'ennuyait et s'ennuyait beaucoup...

Il maigrissait à vue d'œil.

Et il cousait plus maladroitement que jamais.

Lorsque le hasard, qui protège, évidemment, les gens qui maigrissent d'amour et d'ennui, accourut au secours de notre petit paysan.

C'était un soir, sur les dix heures environ.

M. Dodard, qui avait dîné en ville, venait de rentrer.

Or, M. Dodard, qui ne dînait pas souvent en ville, mais qui, chaque fois que cela lui arrivait, abusait de la permission que s'arrogent les avares de boire plus chez les autres que chez eux... M. Dodard était gris.

Oh ! gris comme l'avait été Sidoine, certain jour, à Compiègne !

L'œil voilé, la respiration bruyante, après avoir allumé à grand'peine sa bougie, M. Dodard, qu'une idée fixe semblait poursuivre au sein de son ivresse, alla d'abord coller son oreille à la porte du salon, lequel salon précédait la chambre à coucher de sa femme.

Nul bruit ne se faisait entendre de ce côté.

M. Dodard poussa une exclamation de joie.

— Elle est couchée ! elle dort ! Bon ! murmura-t-il.

Et notre ancien négociant passa en chancelant dans sa propre chambre, sise à droite de la salle d'entrée où il venait de se livrer à ces investigations premières.

En un tour de main il eut retiré son habit, son gilet, sa cravate, ses bottes.

Puis il revêtit sa robe de chambre et chaussa ses pantoufles.

Et...

Et il tomba assis sur un fauteuil et réfléchit.

L'intention criminelle de M. Dodard, à ce moment, — de M. Dodard orné d'une pointe et oublieux de ses serments à sa moitié, — était, tout simplement, d'aller trouver mademoiselle Georgette, la camériste de sa femme, pour lui déclarer sa flamme.

Vous n'êtes pas sans savoir, lecteur, que lorsqu'un ivrogne a une idée dans la tête, une armée de cent mille hommes, artillerie devant, mèche allumée, ne la lui enlèverait pas.

La sémillante idée de M. Dodard lui était poussée à table, au dessert, chez son ami, entre un verre de rhum en sus de son compte, et un verre de kirsch comme appoint.

Chemin faisant, au sortir de la maison où l'on versait si largement le kirsch et le rhum, M. Dodard avait mis des fleurs et des rubans roses à son idée.

Et, maintenant, assis dans ce fauteuil, il lui souriait, la trouvant plus coquette que jamais.

Et il n'en était plus qu'à se demander de quelle façon, la plus adroite, il allait la mettre à exécution.

Sidoine achevait de se coucher.

Il avait éteint sa lampe et posé sa tête sur l'oreiller.

Il songeait à Georgette, à Rosalie, à Lucia... et un peu aussi à madame Dodard, qu'il venait de voir, trois quarts d'heure auparavant, entrer, sans gêne, devant lui, dans son lit...

Tout-à-coup, il lui semble qu'on a marché dans la cuisine, auprès de sa chambre.

Il ouvre l'oreille... Oui... il ne se trompe pas... on marche... doucement, très-doucement... mais on marche.

Sidoine n'a pas peur, mais il s'étonne...

— Qui est-là ? crie-t-il.

— Moi ! répond une voix chevrotante.

Et la porte de la chambre de Sidoine s'ouvre brusquement et, dans l'obscurité, Sidoine aperçoit M. Dodard, son maître, devant lui.

Depuis quelques jours Sidoine avait bien remarqué que les œillades de M. Dodard devenaient et plus nombreuses, et plus brûlantes.

Et il riait de la passion qu'il semblait avoir inspirée à son maître... sans en appréhender, cependant, les suites.

Ainsi surpris, dans la nuit, par le trop fougueux ancien marchand de rotins, Sidoine est sur le point de se livrer, de nouveau, à un accès de gaîté.

— Vous, monsieur ! murmura-t-il.

Et sa bouche s'ouvre déjà pour livrer passage à un de ces gigantesques éclats de rire qu'Homère nous a si bien décrits.

Mais non... il ne rit pas.

Une pensée l'arrête... son esprit a conçu un projet sublime.

A maître libertin, valet plus libertin encore.

— Vous, monsieur ! répète-t-il en se contenant.

— Oui, oui, moi qui t'aime, moi qui raffole de toi, fille enchanteresse ! répond M. Dodard, en s'avançant vers le lit de Sidoine, moi qui te couvrirai, si tu y consens, de caresses et de pièces d'or... moi qui oublierai mon rang pour descendre jusqu'à toi... moi qui... »

Sidoine en avait entendu assez.

— Sortez ! monsieur ! sortez ! dit-il.

Et, de sa voix la plus aiguë, sans attendre que M. Dodard

lui ait obéi, Sidoine se met à pousser un cri, deux cris, vingt cris...

Et, tellement violents, tellement rapprochés, que ces vingt cris n'en font qu'un qui ébranle l'appartement, fait frémir les meubles... frissonner les casseroles à leurs clous, vibrer les verreries dans les armoires... et pâlir et trembler le malheureux M. Dodard, pétrifié à sa place.

Aussitôt, — c'était là ce qu'attendait Sidoine, — des pas retentissent au loin...

Ils se rapprochent...

Madame Dodard paraît, armée d'une bougie, madame Dodard en simple peignoir et en bonnet de nuit, mais non moins belle, non moins attrayante, dans ce négligé.

Madame Dodard ne dormait pas lorsque le hurlement poussé par sa camériste est arrivé jusqu'à son oreille. Madame Dodard lisait, et lisait quoi ! Mon Dieu ! Les *Aventures du chevalier de Faublas* ! Hélas ! oui, tandis que Bacchus rendait fou le mari, la femme se permettait, de son côté, d'enivrer sa raison à la lecture de ce livre *risqué*, qu'une amie lui avait prêté le matin.

Mais quelle est la femme honnête qui, dans la solitude, ne permet point parfois à sa raison de s'enivrer ?

Surtout quand, ainsi que madame Dodard, nous l'avons dit, elle a osé souvent appeler à elle le diable... sans l'avoir jamais vu !...

D'un coup d'œil, madame Dodard, arrivée sur le lieu de la scène que nous venons de conter, a embrassé toute la situation.

Son mari est là, courbé en deux, palpitant de terreur et de remords.

Un peu plus loin, réfugiée dans un coin, les épaules recouvertes, à la hâte, d'un fichu, vêtue d'un simple jupon et d'une chemise, elle aperçoit sa femme de chambre.

— Oh ! monsieur !... s'exclame madame Dodard, en enveloppant son mari d'un regard d'indignation et de mépris.

Monsieur n'en entend pas davantage ; il se glisse le long des murailles... il s'éloigne... il s'est sauvé chez lui.

« — Pauvre enfant, continue alors madame Dodard en allant à Sidoine... vous avez eu peur, n'est-ce pas ?... oui ! je devine ce qui s'est passé... Allons, ne tremblez pas ainsi... ne pleurez pas... je veillerai mieux sur vous à l'avenir...

« Oh ! le misérable !... une enfant ! une enfant ! »

Sidoine avait profité de la circonstance pour prendre la main de Madame et la couvrir de baisers en manière de larmes.

— Recouchez-vous, reprit madame Dodard, et ne craignez rien.

Sidoine sursauta.

— Me recoucher ici, dans cette chambre, madame ! s'écria-t-il ; oh ! non ; pardonnez-moi, mais cela me serait impossible... il me semblerait, à chaque instant, entendre des pas... voir la figure de Monsieur... entendre sa voix... je ne pourrais fermer les yeux.

« Madame ! madame ! »

Et la voix de Sidoine devint navrante.

— Vous êtes bonne ! bien bonne, vous, madame : eh bien ! permettez-moi de passer la nuit près de vous, dans votre chambre.

« Oh ! je ne vous gênerai pas, allez ! je me coucherai sur un fauteuil, sur le canapé, sur un tapis... où vous voudrez...

« Mais ne me laissez pas ici, madame, ne me laissez pas ici, au nom du ciel ! »

Et Sidoine grelottait de tout son corps... ses dents s'entre-choquaient...

Franchement, sa douleur était effrayante à voir !

Madame Dodard, dans une circonstance pareille, ne pouvait faire autrement que de se rendre à la prière de sa camériste.

— Mon Dieu ! mon enfant, dit-elle, si cela vous rassure, venez avec moi... Je conçois, il est vrai, qu'après une telle algarade, vous ayez peur de rester seule...

« Suivez-moi donc. »

Une minute après, Sidoine était à l'abri de M. Dodard dans la chambre de madame Dodard.

— Couchez-vous, madame, dit-il... couchez-vous vite, vous allez attraper froid...

« Moi, maintenant, je suis tranquille... il ne faut plus vous occuper de moi...

« Tenez... comme cela je serai très-bien, et une nuit est si vite passée d'ailleurs ! »

Madame Dodard s'était remise au lit.

Mais elle regardait, pensive, sa pauvre femme de chambre qui s'était jetée sur le canapé.

— Est-il humain que je la laisse là toute une nuit ? se disait la bonne dame; est-il convenable que je lui donne une place dans mon lit ?

» Une servante !

Une servante... sans doute... mais qui est jeune, gentille, et que mon mari vient d'outrager d'une manière infâme ! »

« Allons donc !

— Georgette, dit, à haute voix, madame Dodard, je réfléchis... vous seriez malade demain, si vous passiez la nuit ainsi.

« Venez près de moi, tenez... mon lit est large... et pourvu que vous ne soyez pas trop mauvaise coucheuse... »

Sidoine se releva lentement.

— Quoi ! madame veut ?.. balbutia-t-il, oh ! madame est trop bonne !... je n'oserai jamais...

—Assez !... puisque je vous le permets... voyons, venez... il se fait tard et j'ai envie de dormir.

« Demain vous m'expliquerez ce qui s'est passé.

« En attendant, dormons.

Sidoine regarda autour de lui.

La porte de la chambre à coucher était bien close...

Une veilleuse seule répandait sur les objets sa lueur vaporeuse.

Il se faufila comme une anguille sous la couverture...

— Vous êtes bien, à présent, n'est-ce pas, mon enfant ? reprit madame Dodard, qui lui tournait le dos; alors, bonsoir !

— Oui !... oui !... merci, madame, et bonsoir... Cependant... c'est que, c'est que...

— Hein ?... que dites-vous ?... qu'est-ce que vous avez ?...

— Oh ! rien ! madame ! rien !... je suis bien... très-bien... Je ne vous touche pas, madame, n'est-il pas vrai, je ne vous touche pas ?

— Mais non ! bonsoir.

— Oui, bonsoir... mais c'est que, avant de m'endormir, j'aurais voulu conter... quelque chose... une petite histoire à madame.

— Une histoire... à cette heure... mais devenez-vous folle, Georgette ?

— Du tout, madame !.. mais mon histoire est si singulière... c'est...

— Mais taisez-vous donc !...

— Oh ! je vous en prie, madame, ce ne sera pas long.

— Conçoit-on cette lubie... décidément la frayeur vous a tourné la tête, ma petite.

— La frayeur ?... je ne crois pas, madame; je suis très-rassuré maintenant, au contraire !.. Madame veut-elle m'écouter ?

— Allons ! puisque vous y tenez tant... cela aidera à m'endormir... contez...

— Eh bien ! madame... mon histoire, la voici. Il y avait une fois un petit paysan qui était amoureux d'une belle dame; mais comme la belle dame n'aurait jamais consenti à écouter le petit paysan, de quoi s'avisa-t-il ? Il se déguisa en femme pour se mettre au service de la belle dame, et tandis que le mari de celle-ci dormait... après avoir taquiné la fausse femme de chambre... parce que ce mari était un vilain qui ne comprenait pas tout le prix de la belle dame...

— Que fit le petit paysan ? interrompit madame Dodard, en se tournant un peu, émue et troublée, vers Sidoine

— Ce qu'il fit, madame...

Madame Dodard jeta un cri et se dressa tremblante sur sa couche...

— Malheureux ! dit-elle, il serait possible !... Quoi ! vous avez osé...

La lampe jetait toujours sa pâle clarté dans la chambre.

Le front incliné, les mains jointes, Sidoine se taisait, sous un regard de feu dardé sur lui.

Et il était bien beau, bien séduisant ainsi, ce petit diable blond !.. Plus beau peut être que ne l'avait jamais rêvé cette chère madame Dodard, au plus fort même de sa lecture des aventures du chevalier de Faublas.

D'ailleurs, M. Dodard ne l'avait pas volé, convenons-en !

Cette nuit-là, madame Dodard rêva qu'elle était la marquise de B...

Et que Sidoine s'appelait Faublas.

XII

Le comte Adalbert et Georgette.

Lucia Rizzi avait bien juré à Christian de ne rien *dire* au comte de Creuzé sur Georgette.

Mais elle s'était réservé d'écrire ce qu'elle ne dirait pas.

Et elle n'était pas femme à se manquer de parole.

En quittant l'atelier de son amant, Lucia, revenue précipitamment chez elle, appela Rosalie.

— Eh bien ! ma bonne, lui dit-elle, tu avais raison... Christian avait découvert le secret de cette petite fille... et il la faisait venir dans son atelier... et il s'amusait à la mettre en tableau !...

— Quand je prévenais madame qu'elle eût à se tenir sur ses gardes ! repartit Rosalie, d'un ton hypocrite. J'avais causé l'autre jour avec ce faux groom... et je lui avais trouvé un air si drôle en me parlant de M. Christian !

— Oui ! oui !... oh ! ils étaient très-bien ensemble déjà...

« Ces artistes ! ça se respecte si peu !...

« Une domestique ! Car enfin, malgré le romanesque de son déguisement, cette fille n'est toujours qu'une domestique, n'est-il pas vrai ?

« Mais je vais mettre bon ordre à tout cela.

« Il est temps que cette comédie, dont je ne devine, je l'avoue, ni le motif, ni le but, ait un terme.

« Assieds-toi là et écris. »

Rosalie prit place devant le bureau de palissandre de la danseuse.

« Monsieur, — dicta Lucia, — il se passe dans votre maison « un scandale qu'il est de votre devoir de faire cesser, parce « qu'à la longue on pourrait vous accuser d'y trouver votre « profit. La personne à votre service en qualité de groom est « une femme. On ignore pourquoi et comment elle a pris ce « costume pour s'introduire chez vous. Mais on vous apprend « le plus nécessaire. Vous voilà instruit, agissez comme il « vous plaira. »

— Pas de signature... cachète cette lettre... mets-y l'adresse : à M. le comte de Creuzé, rue Saint-Lazare, 24, et va la jeter bien vite dans la boîte.

Rosalie considérait sa maîtresse d'un air ébahi.

— Comment ! c'est là votre vengeance, madame ? s'écriat-elle enfin ; vous prévenez le comte qu'il a une fille charmante chez lui sous les habits d'un groom ?

— Eh ! oui ! Après ?

— Après ! mais il me paraît assez dangereux, à moi, votre moyen : et si M. le comte, piqué de la nouveauté de l'aventure, allait s'éprendre de mademoiselle Georgette ?

Lucia sourit avec dédain.

— Allons donc ! fit-elle ; Adalbert mettra cette coquine à la porte et tout sera dit...

« D'ailleurs ! quand cela l'amuserait de la garder, qu'est-ce que cela me ferait ?

— Au fait, pensa la camériste, en songeant à Sidoine, ce ne serait qu'un rendu pour un prêté !

— Ce que je veux, entends-tu, Rosalie, poursuivit la danseuse, c'est d'éloigner à tout prix mademoiselle Georgette de Christian... et que le comte la garde pour lui, ou qu'il la chasse, elle sera toujours perdue pour Christian.

— Madame est la maîtresse, fit Rosalie.

Et elle alla jeter la lettre à la poste en se disant :

— Ayez donc un amant qui vous couvre de billets de mille francs pour le traiter comme ça par-dessous la jambe !

Rosalie raisonnait mal.

Lucia était la première lorette qu'elle connût.

Elle ne savait pas encore que chez ces dames, — rendons-leur cette justice, — quand le cœur bat un peu, l'intérêt meurt.

C'était le soir, Adalbert de Creuzé achevait de dîner lorsque Georgette, elle-même, lui remit la lettre anonyme.

Le comte lut rapidement l'œuvre de la danseuse et de sa soubrette.

Et se prenant d'abord à rire :

— Quelle plaisanterie ! fit-il.

Puis il considéra le groom, immobile devant lui, attendant ses ordres.

Et il ajouta :

— Mais si c'était vrai, pourtant !... Oui, ces traits fins... cette physionomie candide... qui plaisent tant à Lucia... que j'avais remarqués moi-même...

Un éclair illumina l'esprit du comte.

Et Christian qui s'était servi du petit domestique pour modèle !

Ce devait être de là que le trait partait.

Christian avait deviné la jeune fille sous les habits du groom, et c'était pour se venger de ce qu'elle lui avait résisté, sans doute, qu'il la décelait à son maître !

Mais à quel propos cette jeune fille s'était-elle faite garçon ?

C'était toujours à cette question qu'on en arrivait à bout d'étonnement.

Le comte demeura pensif encore un instant, puis, s'adressant à Georgette :

— Viens avec moi, Sidoine, lui dit-il.

Il entra, suivi de la jeune fille, dans son boudoir.

Il en ferma, avec soin, la porte.

Georgette, quelque peu inquiète de la tournure que prenait cet incident, suivait des yeux tous les mouvements de son maître.

Il s'était assis sur un divan.

— Approche, mon ami, lui dit-il.

Georgette obéit de nouveau... mais plus lentement...

— Tiens, continua le comte, en lui tendant la lettre, lis ceci.

Georgette lut.

Et, comme la première fois qu'elle s'était vue découverte, elle rougit.

— Eh bien ! reprit Adalbert, que dis-tu de cela ?

— Je dis... qu'on vous a écrit la vérité, monsieur le comte, repartit Georgette ; que je vous demande pardon de vous avoir trompé... que je suis une femme, en effet...

« Et que, demain matin, j'aurai quitté votre maison.

Le comte saisit la main de Georgette.

— Quitter ma maison... et pourquoi ?... qui te parle de cela, mon enfant ? dit-il.

« Non !... je confesse... que je ne conçois pas trop par quelle fantaisie une charmante fille telle que toi s'est avisée de se métamorphoser en garçon... pour entrer à mon service.

— Oh ! monsieur... chez vous ou chez un autre... cela m'était égal.

— Bah !... cette franchise m'enlève toute pensée d'amour propre... C'est convenu... tu ne tenais pas à moi... merci !

« Enfin, peux-tu me dire, du moins, ce que personne, à ce qu'il paraît, ne sait jusqu'à présent.

« Quel a été ton projet en te déguisant ainsi ?

Georgette secoua la tête.

— J'ai commis une erreur... une faute, peut-être, je le reconnais, dit-elle, je suis prête à réparer l'une ou l'autre...

« Mais le reste est mon secret, et je le garde.

Le comte sourit à l'air résolu de la jeune fille.

— Garde donc ton secret, mon enfant, reprit-il ; mon intention n'est point de te contrarier là-dessus.

« Cependant, si tu te montres si discrète à mon égard, m'assurerais-tu qu'il en a été de même... près d'un autre... près de M. Christian, par exemple, hein ? »

Georgette rougit, de nouveau, à ce nom, et, — bizarreries de l'espèce humaine ! — Adalbert se sentit froissé du trouble que manifestait Georgette au souvenir de l'artiste.

Il y a des aveux que l'on a de la peine à faire. (Page 40.)

Et, du même coup, il prit de la haine pour son ami.

Et plus de goût pour la jeune fille.

Bien des passions violentes n'ont pas eu d'autre mobile : le contact de deux pensées contraires... le choc de deux sentiments opposés.

— Tu ne me réponds pas ? fit le comte.

— Si fait, monsieur, répliqua Georgette, je vous réponds... que M. Christian n'en sait pas plus que vous...

— Ce qui signifie qu'il en sait autant que moi !

« Allons ! il paraît que j'étais moins adroit que les autres... à deviner les charades...

« Et... M. Christian... qu'a-t-il pensé de ton déguisement ?

— Que... puisque je l'avais pris... c'est que j'avais eu mes raisons pour le prendre.

— Et... Comment a-t-il exécuté ton portrait ?... car, enfin, tu lui as servi de modèle... quelques jours...

— Cinq jours, oui, monsieur. Il m'a peinte en paysanne.

— Et ce tableau a été terminé... en cinq séances ?... c'est peu !

Georgette hésita...

Il y a des aveux qu'on a de la peine à faire.

— M. Christian, murmura-t-elle, M. Christian a voulu... me chagriner... et je ne suis plus retournée chez lui.

— Ah ! ah !

Le comte contemplait la jeune fille avec une satisfaction indicible. Elle ne lui mentait pas ! non, il était impossible qu'on mentît avec ce front si pur, ce regard limpide, cette bouche fraîche et rose.

Il se leva et se mit à marcher à grands pas dans le boudoir...

Que ruminait-il ainsi ? Oh ! une chose toute simple à son avis : qu'il avait fait une trouvaille et qu'il serait un sot de n'en point profiter ; que cette petite fille valait toutes les Lucia de la terre, — et, d'ailleurs, il commençait à se fatiguer de Lucia ; — et qu'il remplacerait Lucia, dans ses amours, par cette petite fille.

Georgette attendait patiemment, immobile, debout, à la même place, que son maître s'occupât d'elle.

Il s'arrêta tout d'un coup devant Georgette, et lui prenant, de nouveau, la main :

— Comment vous appelez-vous... véritablement, chère petite ? lui dit-il.

— Georgette, monsieur.

— Georgette... Eh bien ! Georgette, écoutez-moi.

Et il se laissa retomber sur le divan, auprès de la jeune fille.

— J'ignore qui vous êtes... j'ignore pourquoi il vous a plu de vous changer en garçon pour me servir...

« Et pourquoi il a plu à d'autres de me faire part de leur découverte.

« Mais voici ce que je vous propose, Georgette.

« Vous êtes jeune... jolie... je vous crois sage... vous me plaisez.

« Ne me quittez pas.

« Vous ne serez plus à mon service... je vous donnerai, au contraire, des serviteurs.

« Et un bel appartement où vous ne recevrez que moi

« Et des maîtres pour faire votre éducation.

« Et une voiture, et des bijoux... et tout ce que vous désirerez enfin.

« Acceptez-vous ? »

Georgette leva sur le comte de grands yeux étonnés.

T'en souviens-tu? Georgette? (Page 46.)

— A moi, à moi tout cela, repartit-elle, des bijoux, des voitures, des maîtres!... à moi... une paysanne!...

— Dans six mois, si vous voulez, vous serez devenue une Parisienne.

— Mais mademoiselle Lucia?.. fit Georgette, avec un sourire malin.

— Mademoiselle Lucia!... ne vous occupez pas d'elle, mon enfant, je me charge de ce soin.

— Vous ne l'aimez donc plus, alors, monsieur?

— Je ne l'ai jamais aimée.

— Et moi...

— Vous! Georgette, je vous adore... oui, je vous adore!... et je veux faire de vous, avant peu, la petite femme la plus séduisante, la plus belle, la plus accomplie!... une femme que tous mes amis m'envieront... dont tout Paris parlera... et que je garderai pour moi, pour moi seul, entendez-vous? toujours! toujours!

En s'exprimant ainsi, Adalbert, sans se préoccuper du ridicule de la situation, avait pris son groom par la taille... et il cherchait doucement à l'entraîner sur ses genoux... et sa bouche s'approchait déjà, avide, de ces lèvres roses et fraîches qu'il avait tant admirées tout à l'heure.

Mais, repoussant le comte avec force, Georgette se dégagea de son étreinte.

Elle courut vers la porte.

— Monsieur, dit-elle, je veux m'en aller! m'en aller tout de suite!... ouvrez-moi cette porte.

Adalbert ne bougea point.

— Allons! répliqua-t-il, tu te fâches... te voilà toute pâle... et plus jolie encore, s'il est possible; mais qu'a donc de si extraordinaire ma proposition, qu'elle te bouleverse ainsi?

— Elle a... que je ne veux ni de votre bel appartement, ni de vos bijoux, monsieur...

« Et que je ne serai jamais pour vous... ce qu'est mademoiselle Lucia.

— Vraiment! M. Christian te plaît plus que moi, peut-être?

— Ni M. Christian, ni vous!

— Alors pourquoi cet effroi si tu n'aimes personne?

— Personne! je n'ai pas dit cela.

— Ah! ah!... tu aimes quelqu'un... tu l'avoues... et ce quelqu'un?...

— C'est un paysan... un garçon de ma condition... que je vais retrouver et qui sera mon mari, lui..

« Vous voyez donc bien...

— Je vois que tu es un enfant, Georgette... rien qu'un enfant... de préférer la pauvreté... la misère, sans doute, au bonheur que je t'offre.

« Mais songe donc que tu seras riche... bien riche... que ton existence s'écoulera dans les plaisirs... les fêtes...

« Songe donc que je t'aime! Oui, je te le jure, Georgette, je t'aime! Cette aventure a quelque chose d'imprévu, de romanesque, d'original, qui me transporte et me séduit.

« Oh! si tu es à moi, Georgette, ce ne sera pas pour un jour, crois-le bien! Non!... je resterai à tes pieds toute ma vie, si tu veux, pour t'admirer et te chérir...

« Ma fortune sera la tienne... comme mon cœur t'appartiendra... sans partage! »

Le comte s'était levé et il s'avançait peu à peu vers la jeune fille.

Et, comme fascinée par ce regard ardent dont il l'enveloppait, Georgette, collée contre la porte inflexible du boudoir, demeurait sans voix, sans mouvement, sans couleur.

Il étendait les bras, il allait la saisir de nouveau...

Mais, se laissant glisser, elle tomba à genoux devant lui.

— Monsieur ! monsieur ! s'écria-t-elle, laissez-moi ! oh ! laissez-moi !

Adalbert s'arrêta.

La jeune fille avait prononcé ces mots avec un accent si déchirant qu'il s'en sentit ému.

Et puis, elle était à genoux !... et s'il est indigne de soi de frapper un ennemi à terre, ne doit-on pas respecter plus encore un être aimé qui vous implore à genoux !

— Oh ! dit-il, d'un ton de doux reproche, comment ! tu as si peur que cela de moi, Georgette !..

— Peur... non... balbutia-t-elle : mais... mais...

Elle frémit d'espérance... elle venait de concevoir un moyen d'échapper au comte !...

— Mais... je voudrais... je désirerais... Attendez à demain, je vous en supplie, monsieur !... à demain matin... et je répondrai franchement à votre proposition..

Le visage du comte s'éclaircit.

— Demain... tu me le promets ? dit-il.

— Je vous le promets, monsieur.

— Et d'ici là... tu ne chercheras pas à me fuir ?

— Non, monsieur... aussi vrai qu'il n'y a qu'un Dieu au ciel...

« Et que vous ne voudriez pas faire de la peine à une pauvre fille qui vous bénira ! »

Deux grosses larmes roulaient sur les joues de Georgette... elle les but dans un sourire... le comte lui tendait la clef du boudoir.

— Merci ! oh ! merci ! monsieur ! s'écria-t-elle en se sauvant.

— Elle réfléchira ! se dit Adalbert, demeuré seul, — de ce ton de fatuité convaincue que peut se permettre un homme beau, riche et jeune, qui vient de livrer un assaut à une simple paysanne.

Georgette, assise dans sa chambre, une feuille de papier devant elle, une plume à la main, réfléchissait en effet...

Mais à ce qu'elle allait écrire à Sidoine.

Et après une minute de réflexions, voici ce qu'elle écrivait :

« Mon bon Sidoine,

« J'ai assez de Paris... j'ai assez de ma place... je veux « partir... partir tout de suite, retourner avec toi à Pierre-« fonds. Mais comme il est indispensable que je te voie pour « sortir de chez mon maître, viens me trouver demain matin « à sept heures. Je t'attendrai sous le péristyle de la maison « pour qu'on ne te remarque pas. Nous monterons ensemble « dans ma chambre... je te conterai tout et nous aviserons.

« A demain donc, n'est-ce pas, Sidoine ? Ne va pas man-« quer surtout à ce rendez-vous ! Songe que j'ai besoin de « toi... et que je pleure en t'écrivant.

« Georgette. »

XIII

Qui prouve que la vertu trouve toujours sa récompense.

En vérité, c'était une conquête bien peu digne de lui que cette petite fille, cette paysanne... cette domestique... et pourtant, le comte Adalbert de Creuzé passa la nuit à rêver à Georgette.

C'est qu'il n'y a rien de tel que les obstacles pour donner du prix à un plaisir. On n'aime tant les roses, peut-être, que parce qu'on se pique les doigts en les cueillant : — les vraies roses, et non ces roses de contrebande qu'un maladroit horticulteur a ébarbées en boutons !

Au matin, — sur les huit heures, — Adalbert, n'y tenant plus, se jeta à bas de son lit. Il lui tardait de connaître la résolution qu'avait prise Georgette.

Néanmoins, avant de la faire venir près de lui, il passa quelques instants à sa toilette. On peut être comte et joli garçon, et ne pas se négliger pour paraître devant une femme, — surtout une femme qui vous plaît.

Ces soins achevés, Adalbert sonna.

Au même instant, comme si l'on n'eût attendu que cet appel, l'air résonnant encore du son argentin du timbre, la porte de la chambre à coucher du comte s'ouvrit, la portière qui la recouvrait se souleva...

Et Adalbert vit entrer Georgette...

C'est-à-dire qu'il s'imagina voir Georgette.

Car le petit bonhomme qui s'avança vers le comte, le chapeau à la main, la tête inclinée, un peu pâle... et cependant l'air résolu...

Ce petit bonhomme n'était autre que Sidoine... le vrai Sidoine...

Sidoine qui avait repris ses habits... les habits de son village, les habits de son sexe.

Adalbert considéra une seconde, avec surprise, celui qu'il croyait être Georgette.

D'abord il ne comprenait pas comment, si désolée la veille, elle s'était faite si décidée ce matin.

Ensuite, il se demandait à quel propos elle avait revêtu le costume de son pays !.. Et un costume d'homme, encore !

Malgré tout, il s'empressa d'aller vers *elle*, et lui tendant la main.

— Tu attendais mon réveil, Georgette, dit-il, merci ! Cela est fort aimable et me prouve que tu es mieux disposée qu'hier.

Mais Sidoine ne prit pas la main qu'on lui tendait.

— Monsieur le comte, répondit-il, d'une voix émue, je ne suis pas Georgette ; je suis un homme et je m'appelle Sidoine.

« Georgette, la voici ! »

La portière se souleva de nouveau et Georgette parut... en femme, cette fois... en paysanne.

— Et Georgette vient vous dire devant moi, monsieur le comte, poursuivit Sidoine, qu'elle ne veut pas être votre maîtresse.

« Parce qu'elle est ma fiancée.

« Parce que, avant un mois, elle sera ma femme.

« Parce qu'elle m'aime enfin, et qu'elle ne vous aime pas.

Adalbert avait à peine entendu les dernières paroles de Sidoine.

A l'apparition de celle qui, pour lui, était la reproduction exacte, vivante, de la Georgette qu'il avait, déjà, sous les yeux, il avait reculé, frappé de stupeur...

Et un cri s'était échappé de sa bouche...

Maintenant, immobile, ébahi, il considérait alternativement ces deux êtres si parfaitement semblables, comme taille comme traits, comme physionomie...

— Ah çà !... est-ce que je rêve ? murmura-t-il.

Georgette sourit en passant son bras sous celui de Sidoine.

— Non, monsieur le comte , non, vous ne rêvez pas... vous avez bien devant vous Georgette et Sidoine... le cousin et la cousine... ceux qu'on appelle à Pierrefonds les jumeaux du bon Dieu, parce que le bon Dieu s'est plu à leur donner même visage...

— Et même cœur, fit Sidoine, en serrant contre sa poitrine le bras de Georgette.

— Mais... lequel de vous deux était à mon service ? repartit le comte.

Georgette sourit encore.

— C'était moi !... oh ! c'était bien moi :... dit-elle.

— Vous... Georgette !... Et pourquoi vous étiez-vous présentée à moi en homme ?

Ce fut au tour de Sidoine de sourire.

— Parce que je me présentais ailleurs en femme, monsieur le comte.

Adalbert se passa la main sur le front, Il n'y comprenait rien.

— En deux mots, voici l'explication de la chose, monsieur, reprit Sidoine,

« Nous sommes orphelins et sans fortune. Notre grand-père, qui nous a élevés, a voulu nous envoyer à Paris pour y gagner notre dot.

« Chemin faisant, comme nous sortions de notre village, Georgette, ma Georgette, s'est avisée d'une invention qu'elle a crue des meilleures pour nous garantir des dangers dont on nous disait toute pleine la grande ville...

« Moi, je ne savais, alors, penser que ce pensait Georgette.

« Elle prit mes habits... je pris les siens...

« Et nous arrivâmes ainsi à Paris.

« Mais, dame ! si le moyen de Georgette pouvait avoir du bon, quant à moi... pour m'obliger à lui demeurer fidèle... »

En prononçant ces mots, ce farceur de M. Sidoine se mordit les lèvres pour ne pas rire.

— Il parait, poursuivit-il plus gravement, qu'il n'était pas tout à fait aussi infaillible quant à elle .. puisqu'il ne devait pas l'empêcher d'être reconnue pour ce qu'elle est vérita blement, par un de vos amis d'abord, monsieur, à ce qu'elle m'a appris, et ensuite, par vous...

« Or, Georgette a réfléchi qu'il n'était ni convenable, ni possible, qu'après avoir été en garçon à votre service, monsieur le comte, elle y demeurât en fille.

« Elle m'a écrit pour me demander mon avis à ce sujet.

« Moi, pour ma part, j'avais assez du rôle que je jouais... et qui me gênait extrêmement. »

Nouveau sourire étouffé de M. Sidoine.

— Mon avis a donc été que Georgette devait prendre congé de vous, monsieur le comte, comme je prendrais congé de mes maîtres, et que nous retournerions à notre pays..., où, si nous ne gagnions pas de dot... du moins... du moins nous avions le droit de nous aimer en paix.

« Et voilà notre histoire, monsieur le comte.

« Et Georgette vient vous faire ses adieux.

— Et vous remercier, monsieur le comte, de toutes les bontés que vous avez eues pour elle, ajouta doucement Georgette.

Ce disant, l'amoureux et l'amoureuse, toujours bras-dessus bras-dessous, s'inclinèrent devant Adalbert :

Celui-ci avec un regard qui signifiait ;

— J'en suis fâché, mon cher, mais tout paysan que je suis, je vous l'enlève !

Celle-là avec une petite mine charmante qui disait :

— Pardonnez-moi, monsieur le comte, mais vous voyez bien que je ne pouvais être à vous, puisque je suis à un autre.

Déjà ils se retournaient pour s'éloigner...

— Arrêtez ! s'écria le comte qui n'avait rien perdu ni des explications de Sidoine... ni du regard par lequel ce dernier avait complété son récit... ni de la petite mine charmante de Georgette.

Les amoureux firent volte-face.

Le comte avait une nature bonne et généreuse, on le sait. Un plaisir qui lui échappait pouvait laisser parfois un regret dans son âme, jamais une mauvaise pensée. Il n'était pas de l'espèce trop commune de ces hommes qui déchirent une femme par la seule raison qu'elle leur a résisté...

Comme si l'amour se commandait !... voire même, à défaut de l'amour, le désir !

Et puis l'aspect de nos menechmes avait quelque chose de si étrange, l'histoire de leur tendresse était si simple et si ravissante, tout à la fois !...

— Mes chers enfants, poursuivit le comte, il ne sera pas dit que je serai devenu votre confident sans vous avoir été un peu utile... et que vous aurez habité près d'un mois ma maison, ma jolie Georgette, sans en emporter un souvenir.

Adalbert ouvrit une cassette, il y prit un élégant portefeuille en maroquin bleu à coins d'or.

— Tenez, dit-il, en revenant aux amoureux, ce portefeuille contient trois mille francs.

« C'est la dot de votre femme que je vous prie d'accepter, monsieur Sidoine, à titre d'ami... »

Sidoine rougit de bonheur.

Ce même bonheur fit monter les larmes aux yeux de Georgette.

— Oh ! monsieur le comte ! s'écrièrent-ils en même temps.

Adalbert contint, d'un geste, cet élan de reconnaissance.

— Pas de remercîments, leur dit-il, je suis riche...

« Il m'est si facile de vous rendre heureux !

« Adieu ! quand je passerai à Pierrefonds, j'irai vous demander, sans façon, à déjeuner.

— Oh ! toute notre maison sera à vous, monsieur le comte ! s'écria Georgette.

— Oui ! oui ! toute notre maison... et moi avec ! fit Sidoine.

« Mais pas ma femme ! » pensa-t-il...

. . . .

— Allons ! se dit le comte, resté seul, il me faudra garder encore quelque temps Lucia !

« Ah ! c'est dommage ! elle était gentille cette petite Georgette !

« Mais bah ! toute une éducation à faire... et des fruits de laquelle un autre que le maître eût profité, peut-être... comme cela arrive presque toujours ! »

Il alluma un cigare.

Un soupir dans une bouffée de tabac... et tout i t cette fantaisie...

. . . .

— Et où allons-nous comme cela ? fit Sidoine en sortant avec Georgette de la maison du comte de Creuzé.

— Où nous allons ? pardi ! à Pierrefonds... tout de suite.

« Ah ! cependant... et mes robes et mes jupons qui sont restés chez tes maîtres !

« J'emporte bien tes habits. à toi, il faut aller me chercher les miens. »

Sidoine se gratta l'oreille.

— C'est que, repartit-il, c'est assez difficile, il me semble... Comment veux-tu que je me présente en garçon chez M. et madame Dodard, moi qu'ils ne connaissaient que comme une fille ?

Georgette réfléchit.

— C'est juste ! dit-elle. Eh bien ! une idée ! J'irai à ta place... je demanderai mon congé, comme si c'était toi ; je reprendrai mes hardes et je leur souhaiterai le bonjour... toujours comme si c'était toi.

Sidoine fronça le sourcil. Il voyait des difficultés que Georgette ne pouvait deviner dans ce remplacement de lui-même par sa maîtresse auprès des époux Dodard; et principalement auprès de l'épouse Dodard.

— Oh ! reprit-il, d'un ton qui jouait l'indifférence, après tout ! est-ce que tu y tiens beaucoup à tes hardes ?... Je t'avoue que j'avais déjà pas mal usé tes deux robes et tes jupons !.. Et tes bonnets donc !.. ils sont dans un état !.. Ah ! tu conçois... le manque d'habitude.

« Et puis, ça te gênerait, va, de prendre comme cela ma place... Si on te parlait !... de quelque chose.... d'une affaire d'hier, par exemple, qu'est-ce que tu répondrais, voyons ?

« Mon opinion est que nous abandonnions ce que j'ai laissé là-bas ; nous avons assez d'argent, à cette heure, pour t'acheter d'autres robes... et de plus belles...

« Allons à la voiture tout de suite, ça vaudra mieux ! »

Georgette considéra Sidoine avec une sorte de défiance.

— Ah ! ton opinion est d'abandonner mes effets ? dit-elle.

— Mon Dieu, oui !

Georgette hésita un instant; elle eût été curieuse de connaître M. et madame Dodard... madame Dodard surtout.

Mais le plaisir de quitter immédiatement Paris l'emporta sur la jalousie.

— Eh bien ! qu'il en soit donc comme tu le désires, reprit-elle.

Sidoine se sentit la poitrine soulagée d'un poids de cent livres.

— Partons !...

— Partons !...

Et voilà nos amoureux se dirigeant vers le chemin de fer.

Ils étaient arrivés à l'embarcadère.

Ils avaient pris leurs billets.

Ils entraient dans la salle d'attente.

Bientôt, la locomotive gémissait, le sifflet d'appel coupait les airs...

Georgette et Sidoine allaient monter dans un wagon...

— Georgette ! Georgette ! cria subitement une voix.

Georgette se retourna la première et, machinalement, Sidoine se retourna, ainsi qu'elle, du côté où était parti ce cri.

C'était M. Dodard qui se rendait à Enghien, pour un recouvrement de fonds, et qui, du fond d'une diligence, n'avait aperçu d'abord que celle qu'il prenait pour la camériste de sa femme...

Et qui demeurait fort surpris de la rencontrer au chemin de fer, quand il la croyait en course dans Paris.

Mais la surprise de ce cher M. Dodard ne devait pas s'arrêter là.

Nous avons dit que Georgette s'était tournée, la première, vers lui, et que Sidoine l'avait aussitôt imitée.

— Ah ! mon Dieu ! qu'est-ce que cela ? murmure M. Dodard à l'aspect de ces deux têtes si semblables ; deux Georgette ! il y a deux Georgette !... Georgette s'est dédoublée !... Allons ! je rêve !... Ouvrez-moi, conducteur, ouvrez-moi.

Mais Sidoine a aperçu M. Dodard et ses yeux écarquillés.

Il sent le danger de la situation.

— Monte, monte, dit-il à Georgette, en la poussant dans un wagon éloigné de celui où perche l'ancien marchand de rotins.

Et il s'élance près de sa maîtresse.

— Mais qui est-ce qui m'appelait ? dit Georgette.

— Je n'en sais rien !... que nous importe !... tu vois bien qu'on part.

En effet, le convoi s'ébranle. M. Dodard, gourmandé par ses compagnons de voiture, qui le prennent pour un fou, est obligé de demeurer à sa place.

Sidoine, rassuré, sourit à Georgette... qui lui rend, avec ivresse, son sourire...

. . . .

En débarquant à Enghien, M. Dodard essaya bien de se rendre compte de la singulière apparition qui l'avait frappé, en allant mettre son nez aux portières de chaque wagon ..

Mais Georgette, fatiguée de tous ces événements, s'était endormie, sa tête appuyée sur le sein de Sidoine...

Et Sidoine tournait le dos au côté par lequel on pouvait venir inspecter dans la voiture.

Et puis la station d'Enghien n'est pas longue.

M. Dodard ne vit rien.

Le pauvre homme ne devait jamais rien voir.

XIV

La science aux prises avec la nature. — Conclusion.

Comme au jour du départ, le temps, au jour du retour, était des plus magnifiques.

Le soleil dorait la forêt dont une légère brise, par moments, faisait ondoyer les cimes... les oiseaux s'appelaient sous le feuillage... les écureuils sautaient gaîment de branche en branche... les grillons chantaient leurs amours et leurs combats à la porte de leurs terriers en miniature...

Depuis une heure, déjà, Georgette et Sidoine cheminaient sur la route de Compiègne à Pierrefonds.

Une heure encore, et ils allaient revoir leur cher pays, leur bon grand-père !

Ils avaient beaucoup causé depuis leur réunion, ils s'étaient conté une infinité de choses.

Ils s'étaient, surtout, énormément dit qu'ils s'aimaient.

Mais, à ce moment, ils se taisaient.

La joie a besoin de repos comme le chagrin.

Et puis il est de ces pensées que les amoureux, les plus amoureux, ne peuvent se communiquer.

L'amitié a cet avantage sur l'amour qu'elle ignore ces secrets et ces réticences.

Ainsi Georgette récapitulait les quatre semaines qu'elle venait de passer à Paris...

Et elle songeait à ce M. Christian qui avait fait son portrait...

Et à M. le comte Adalbert, qui lui avait offert de la rendre riche et heureuse !

Et si aucun regret ne se mêlait à ces souvenirs, cependant la jeune fille, en se rappelant les douces paroles de celui-ci, la belle tête de celui-là, n'en faisait pas moins certaines réflexions, certains rapprochements, qu'il eût été difficile de se permettre tout haut devant Sidoine.

Que voulez-vous ? Georgette était demeurée sage à Paris, sans doute... vous l'avez vu...

Mais l'innocence est une glace que le moindre souffle ternit... et Georgette, sous le souffle ardent de MM. Christian et de Creuzé, avait bien pu devenir un peu moins innocente !

Quant à Sidoine... oh ! Sidoine... sa glace, à lui, était non-seulement ternie, mais brisée en mille morceaux.

Après cela, mon opinion est que ce genre de miroir-là est un meuble de luxe pour un homme !

Sidoine rêvassait donc de son côté...

Et un trio charmant passait et repassait sous ses yeux allanguis :

Rosalie en tête, Rosalie avec son nez retroussé... sa voix claire... sa jeunesse...

Puis Lucia Rizzi, la jolie danseuse... avec son regard fier et tendre tout à la fois... ses petites mains si blanches... son petit pied si courbé...

Et la belle madame Dodard... l'imposante madame Dodard... la majestueuse madame Dodard... avec ses épaules fermes et rebondies... son bras nerveux...

Et sa tendresse plus nerveuse encore !...

Un soupir s'échappa des lèvres de Georgette.

Un soupir s'échappa des lèvres de Sidoine.

C'était un dernier tribut que l'ange payait aux souvenirs des tentations du démon.

C'était une dernière dette que l'élève acquittait envers ses professeurs de plaisir.

En même temps, Sidoine et Georgette se regardèrent.

Et, honteux l'un et l'autre de s'être réciproquement oubliés, ils s'empressèrent de se rapprocher l'un de l'autre et physiquement et moralement.

— Ainsi, nous sommes riches, à présent, fit Georgette, saisissant, au hasard, le premier moyen venu d'entamer la conversation : nous possédons trois mille francs.

« Ah ! grand-père ne nous reprochera plus d'entrer les mains vides en ménage ! »

Et la jeune fille tira de son sein la fortune que leur avait donnée le comte et dont elle était dépositaire.

Elle ouvrit l'élégant portefeuille de maroquin à coins d'or. Elle prit entre ses doigts les trois billets de mille francs qu'il contenait, et elle les considéra avec une joie d'enfant.

Sidoine n'ouvrait pas de moins grands yeux que sa compagne, à l'aspect des précieux papiers.

— Oui ! oui ! nous sommes riches, s'écria-t-il, et plus riches que tu ne penses, ma Georgette !

« Car, si ton maître nous a donné cet argent... d'autres, aussi généreux que lui, m'ont donné...

Il s'arrêta court. Emporté par un élan spontané, il avait commis une imprudence. Il le sentait... mais trop tard.

— D'autres t'ont donné... quoi donc ? fit Georgette.

— Ah ! bah ! pensa Sidoine, aujourd'hui ou plus tard... faudrait toujours qu'elle le sût.

« Eh bien ! reprit-il, tiens, regarde... voici ce que d'autres m'ont donné. »

Et, à son tour, il tira de sa poche une boîte qui contenait :

Une montre en or.

Une épingle également en or, — une perle dans une griffe. —

Plus une bague, un anneau, toujours en or.

La montre venait de madame Godard.

L'épingle, de Lucia Rizzi.

Quant à la bague, nous connaissons déjà son origine.

Georgette avait pris la boîte où se trouvait renfermé le trésor de son amoureux.

Celui-ci chantonnait entre ses dents.

— Ah ! l'on vous a donné tout cela ! fit Georgette, d'un ton sévère, tout cela !... cette montre ?

— La montre... c'est madame...

— Cette épingle ?

— L'épingle... c'est monsieur.

— Et cette bague ! Tiens ! vous m'aviez écrit que vous l'aviez jetée... cette bague ?

— Oui... c'est vrai... mais c'était pour rire... de l'or... tu comprends... je ne pouvais pas... c'eût été une bêtise...

— Et c'est madame encore ?

— Qui m'a donné la bague ?... Oui... tu sais... je te l'avais dit.

— Très-bien ! Ah ! l'on vous donnait beaucoup de choses, à ce qu'il paraît, dans cette maison... c'étaient de braves gens que ces gens-là !...

— Oh ! ça, oui ! c'étaient de bien braves gens !

— Et, cependant... vous n'avez pas voulu leur aller dire adieu !

— Oh ! c'est que... ils auraient trouvé si drôle... de me voir en garçon... après...

— Sans doute... cela les aurait peut-être contrariés... madame surtout, hein ?

— Oh ! madame... ou monsieur !

— Allons ! c'est bien ! tenez... reprenez vos affaires.

— Mais non !... garde-les... si la montre ou l'épingle te plaisent.

Georgette changea de figure.

— Je vous ai déjà dit une fois, repartit-elle, que ce genre de cadeaux ne me plaisait pas...

« Mais reprenez donc... reprenez donc votre boîte ! »

Et une larme scintilla sous la paupière de la jeune fille.

Sidoine frappa du pied.

— Bon ! s'écria-t-il, tu vas encore te mettre en colère, comme à Paris, au Palais-Royal... parce que j'ai accepté... ce qu'on m'avait offert !...

Et, prenant la boîte qu'il lança, avec colère, sur l'herbe d'un taillis.

— Là, dit-il, es-tu contente, comme ça ?

La montre, l'épingle et la bague seront pour quelque passant.

« Je les aurais données à grand-père... ça aurait mieux valu... Mais pour que tu ne pleures pas, tu vois, je préfère en faire le sacrifice tout de suite. »

Georgette se tourna vers Sidoine.

Elle lui sourit à travers ses larmes.

Et, lui prenant la main :

— Viens, dit-elle, j'ai eu tort.

Et ils entrèrent dans le taillis.

Sidoine, heureux du sourire de sa maîtresse, la tenait dans ses bras... elle se laissait tenir...

Par un hasard étrange, l'endroit où ils se trouvaient à ce moment était celui où ils avaient fait halte, un mois auparavant, pour se livrer à leur mutuelle métamorphose.

Ce taillis qui les ombrageait était celui où Georgette avait coupé ses longs et fins cheveux.

— Tiens ! murmura Sidoine, en regardant autour de lui, dis donc, te rappelles-tu, Georgette ?

— Oui ! oui ! je me rappelle, repartit la jeune fille... mais cherchons donc ta boîte !...

— Oh ! tu étais bien gentille, en garçon, poursuivit Sidoine... moins gentille pourtant que comme tu es là... mais c'était si amusant !... Tu te déshabillais ici... moi, de l'autre côté de la route... et je n'aurais pas pensé à... oh ! non !... tandis que maintenant...

« Cependant, tu m'as donné un baiser, alors, t'en souviens-tu, Georgette ?

— Oui, oui, je m'en souviens !...

— Oh !... et un bon baiser... eh bien !... si tu voulais... pour fêter notre retour... Je t'aime tant, Georgette... et pendant près d'un mois, j'ai vécu si séparé de toi !... Est-ce que cela te déplairait de m'embrasser, Georgette, dis, dis ? Est-ce que cela te déplairait ? Un amoureux... un fiancé... c'est son droit, vois-tu... et quand on est dans son droit... Allons ! réponds-moi, veux-tu ?... rien qu'un... un seul !..

— Oui ! balbutia Georgette.

Il la serrait contre lui... elle ne le repoussait pas... leurs lèvres s'unirent...

Mais Sidoine, au retour, n'était plus le naïf petit bonhomme du départ...

D'un baiser il avait été à en désirer deux... puis trois... puis quatre...

Puis il ne les avait plus ni demandés... ni comptés... Il prenait, il prenait toujours...

Et Georgette, éperdue, brisée sous ces caresses brûlantes... sous cette étreinte passionnée... se débattait vainement...

Tout à coup elle rassembla ses forces...

— Par pitié, Sidoine ! s'écria-t-elle, si tu m'aimes, laisse-moi ! laisse-moi !

« Oh ! ta femme ! ta femme ! mon ami, ne la respecteras-tu pas ? »

Sidoine recula.

S'il avait laissé sa candeur à Paris, du moins il en rapportait son cœur... son cœur encore intact...

Et son cœur devait obéir à une prière de Georgette... de Georgette qui voulait rester pure par amour pour lui.

— Pardon ! pardon ! murmura-t-il.

La jeune fille s'était élancée hors du taillis...

Sidoine ramassait la boîte de bijoux qui gisait à ses pieds.

. . . .

Une heure après, Sidoine et Georgette étaient sur les genoux de leur grand-père.

Deux mois après ils se mariaient.

Et à ceux qui lui disaient, ce jour-là :

— Mais ils sont bien jeunes encore, vos enfants, pour les marier, père Balut ?

Le père Balut répondait en souriant :

— C'est vrai... mais ils s'aiment tant... et puis, ils ont été un mois à Paris, voyez-vous !...

« Et un mois à Paris !... hum !... m'est avis que, pour l'expérience, ça forme plus la jeunesse qu'un an à Pierrefonds !...

. . . .

Quand vous irez à Pierrefonds, informez-vous de M. et madame Riquet.

Ce sont eux... ou, plutôt, c'est Georgette qui m'a conté cette histoire. — Il se contentait de sourire, lui, tandis qu'elle narrait. —

Elle a vingt-six ans aujourd'hui ; il en a vingt-sept.

Ils ne se ressemblent plus tant qu'autrefois !... Non !

— Ah ! la barbe est venue, à la fin, à Sidoine... une barbe bleuâtre, épaisse... magnifique, même !

Mais ils s'aiment, comme ils s'aimaient il y a dix ans.

Quatre charmants enfants sont là pour le dire !

Allez donc voir Georgette, cher lecteur... aimable lectrice allez donc voir Sidoine.

C'est une si jolie femme ! C'est un si bel homme !

Après avoir admiré le vieux château, pourquoi pas

L'amour et la beauté vivants et bien portants valent bien la tyrannie et l'orgueil en ruines !

FIN.

Sceaux. — Typographie de E. Dépée.

9 782019 277406